新生

瀬名秀明

VITA NUOVA

SENA Hideaki

NOVA COLLECTION
河出書房新社

新生　目次

装丁　川名潤（prigraphics）

新生

小松左京氏に捧ぐ

新生

まっさらな空を、双発の飛行機が飛んでいった。

土の篩《ふる》い分けを手伝っていた遠藤秀昭《えんどうひであき》は、額《ひたい》を腕で拭《ぬぐ》って顔を上げた。見慣れぬ白い機体には、駆け抜けるかのように青いストライプが二本、横に刻まれている。午後の陽射《ひざ》しを照り返して、まるでそれは大気から上がる飛沫《しぶき》だ。

フィジーの空港で見たことがあった。もう何十年も前にブラジルで開発された航空機〈探検隊《バンデイランテ》〉だ。会社は前世紀に経営悪化で買収されたが、いまも往年の名機はこのポリネシアをふたつのプロペラで結び、はるかな海を飛び続けている。

「定期便と違うな」

意外なほどの低空でエンジン音を響かせる機影に、教授も気づいて空を見上げた。

本島への着陸経路に入るかと思えばそうではなく、いきなり急角度で旋回《せんかい》し、サンドビーチを観察するかのように舞い戻ってきた。ピットポイントのすぐ脇《わき》を抜け、崖面《がけめん》に沿うように北へと進むと、一気に上昇し、翻《ひるがえ》ってビーチへと突き進んでくる。

「なんや、無茶しよる!」

教授が素《す》っ頓狂《とんきょう》な声を上げる。発掘作業に従事していた研究者や地元の労働者らも、手を止めて立ち上がり、空へと目を細めた。

機体は迫り、ついに遠藤の真上を切り裂いて飛び去った——地球から宇宙へ伸びる見えない直線が、そのとき一瞬の音とともに切れるのを、遠藤は感じた。機体は弾《はじ》けるようにビーチから浮き上がり、そのまま斜めの姿勢を取って先の岬《みさき》へと駆けてゆく。尾翼が陽射しを浴びて黄金色《こがねいろ》に光り、機体の影は遠く南の森を舐《な》める。そして鷗《かもめ》たちを散らしながら、西端の岬の上で螺旋《らせん》を描くように昇っていった。

篩い係が遠藤に短く声をかけ、次の土砂を促した。だがしばらくの間、遠藤は機体の動きから目を離せず、無言で立ち尽くしていた。白と青の機体はよく磨き上げられ、一日の残光を歓《よろこ》びとともに浴び、鳥にも似たその鼻先は見知らぬ国の歌をうたっている。岬を見《み》出《いだ》してくるくると踊っている。

太陽が大きく傾き、近所の犬が吠《ほ》え出した。ついにバンディランテは岬から去り、本島を西へと大きく回っていった。

風の匂いが変わる。東からの貿易風が、夜の流れを求めて乱れ、林がざわつく。教授が作業の終わりを告げた。

遠藤はいちはやく現場から離れ、テントへと戻る。胸の疼《うず》きが熱を帯びつつあった。野営場には食材が届いており、急いでエプロンをつけ夕食の支度にかかる。テントといってもあたりの木の枝を柱代わりに立て、上にシートを張っただけの憩《いこ》いの場だ。鍋《なべ》に湯を沸《わ》かし、野菜を手早く刻む。玉葱《たまねぎ》を根気よく炒《いた》める。

遠藤は震災で居場所を失うまで、港町の小さなラーメン屋で働いていた。もともと生まれ故郷の静岡から東北の大学に進学してきたのも、周りの者が知らない土地へひとりで行きたかったからだが、大学院の理学研究科に進んで半年ほどしたところで息苦しさに耐え切れなくなり、誰にもいい残すことなく仙台を離れた。その小さな町に棲《す》み着いたのは、バイクで三陸の海岸を北へと進み、たまたま景色が気に入ったからに過ぎない。

だがそこでも心は満たされず、まじめな仕事ぶりとはいえなかった。地震と津波が町を襲った日、彼は仕事をさぼり、高台の公園で昼寝をしていたからだ。

町が失われ、泥水と炎が引いた後、遠藤はその廃墟《はいきょ》に立ち、いままで知ることのなかった奇妙な喪失感に襲われたのだった。それはまるで時間が消え、ただ空間だけが果てしなく四方に広がる世界――いや、そうではない。そうではないことはわかっていた。物理学を専攻していたのだから時間と空間が密接な関係にあることは知性でわかっている。だが目の前にある世界には、ただの空間しか遺《のこ》されていない。

そのとき遠藤は初めて悟《さと》ったのだった。違う、時間が失われたのではない、その証拠に自分は腹も減り、喉《のど》も渇《かわ》く。食べて、飲んで、排泄《はいせつ》をして、時間のなかを生きている。だから失われたのは人間がつくり上げた社会なのだと。あるいは時間が産み落とす文明なのだと――。

　遠藤は大破した家屋のなかに金庫が転がっているのを目にした。その脇にはかたちさえよくわからない死体があった。ふたりのほかに周りには誰もいなかった。

　震災から一ヵ月後、遠藤はデイパックひとつで日本を離れた。

　片づけを終えた研究者たちが帰ってくる。この時季は夕暮れどきから夜にかけて涼しいため、彼らは屋外で夕食をとる。教授が缶ビールを取り出した。トレイを持って並ぶ彼らに、遠藤は野菜のスープをよそう。こうした仕草のときだけ、同じモンゴロイドでも身体は日本人へと還《かえ》ってゆく。

　列に並ぶ現地の通訳のカトーが、海へと視線を向け「来客だ」と呟《つぶや》いた。遠藤もそれに気づいていた。食事が行き渡るのを見届けるとエプロンを外し、余った飯《めし》を握ってポリ袋に入れ、水筒も提げてテントを出た。

　現地の小さな集落を抜け、南の高台へと走る。三〇〇〇年前、地球の海面はいまより一メートルから一・五メートルほど高く、この丘まで迫《せ》り出していた。その時代、海と崖面に挟まれたこの小さな平地に、集落を構えた海人《うみびと》たちがいた。この東の果てからさらに朝ぼらけの大洋へと漕《こ》ぎ出し、新たな陸地を求めて先へ、先へと拡散していった者たちがいた。日本からファーストクラスでフィジーへ飛び、そこでトンガの発掘調査を知り、さらに東南東へと進んだ。トンガタプ島からは飛行機を乗り継いで、この諸島へと辿《たど》り着いた。この地で初めて学んだ人類の歴史だ。

丘の麓《ふもと》には発掘現場と、その先のサンドビーチが見下ろせる。太陽はすでに西の海と接し、空は遠く紺青色《こんじょういろ》へと褪《あ》せつつある。海はそれよりもはるかに深く、濃く、この小島と本島の間に広がっている。遠藤はこの島へ来て、海のほうが空よりも碧《あお》いことに気づいた。夜明け前でも、逃げ場のないほどの真昼でも、そして刻々と光が退《しりぞ》き夜へと向かうこの瞬間であっても、海はつねに空よりも碧いのだった。

長い航跡を残しながら漁船が近づいてきている。その船首に人影があった。

船は岬の向こうへと進んでゆく。遠藤は走り続けた。農道は途絶《とだ》え、そこから先は獣道《けものみち》であった。構わず濃い草のなかへと足を踏み入れて走った。途中で林の枝葉が途切れ、岬の灯台の姿が目に映った。

煉瓦《れんが》造りの灯台がいつ建てられたのか、現地の者も誰も知らない。入口の扉の上にはかつて真鍮板《しんちゅうばん》が打たれていたようだが、雨風によって失われたらしい。周囲は林で覆《おお》われて、ふだんは近づく者さえいないが、それでも年に一度は清掃が入り、内部の黴《かび》や埃《ほこり》は取り払われている。

遠藤は灯台の壁に片手をつき、はるか遠くに沈みつつある陽を見ていた。背後の林が風を受けて撓《しな》り、ざわめいている。鷗が啼《な》いて奥のビーチへと滑空していった。

本島の漁船が帰ってゆく。諸島が地球の影に入り切ってしまう前に、家へ戻ろうというのだろう。それは航空機も同じだ。本島の北側に位置するただひとつの空港は、管制塔もなければ夜間照明の設備もない。だから夕刻に飛んでくるのはもとから無謀《むぼう》だ。予定が遅れればそれだけで着陸ができなくなる。

遠藤は振り返った。

林からひとりの女が歩み寄ってくる。その目はまっすぐに彼を見据えていた。

日本人だと直観した。片手にサングラスを持っていたが、他のいかなる荷物も携えていなかった。ジーンズと靴が汚れていることから、ここまで林を抜けてきたのだと知れた。

黒髪が夕暮れの陽射しのなかで緑色に見えた。小柄だがはっきりとした目鼻立ちは、彼女にいくつかモンゴロイド以外の血が混じっていることを予感させた。肌は小麦色に焼けている。鼻先にはわずかにそばかすが散っている。洗いざらしのシャツの下で乳首が立っている。女は歩み寄りながらサングラスを畳《たた》み、それを胸元のポケットではなく、ジーンズの脇にしまい入れた。

女は遠藤の前で止まった。女の乳首が透けて見えた。

その胸から顔を上げ、女の瞳《ひとみ》を見つめ返したとき、胸の疼きは抑えられなくなっていた。

「おれは遠藤……」

気づくと日本語を発していた。女が言葉を理解していることは一瞬で感じた。

「わたしはマリア」

女も彼から視線を離さなかった。顎《あご》を上げ、彼の瞳の奥を追っていた。

「なぜここへ？」

「空から見つけた……」

「あれは、きみが操縦していたんだな、ひとりで……」

女は遠藤を見つめたまま、にっと笑みをつくった。

女がただひとりでこの島へやってきたことを、遠藤はすでに確信していた。遠藤は一歩前へ進んでいた。女もまた目を逸《そ》らさず接近していた。心臓が音を立てて拍動していた。

「あなたは調査隊のメンバー？」

「正式なメンバーじゃない。おれもひとりでやってきた……。発掘のことをテレビで知って、どうにも抑えられなかった……。おれは考古学者じゃない。いまは学生ですらない。だから遠い分野の学者たちの調査を、ここで勝手に手伝っている」

本当は、時間と空間というものの意味を知りたかったのかもしれない——と遠藤は思っていた。遠くの島へ行って、人類の古い遺物を掘り返すことで、いままで人間が——あるいは社会が——見えなかったものを、この自分の手でつかめるかもしれないと、あのころはそう思っていたような気もするのだ。

女の胸が触れそうだった。いままで一度として会ったことのないこの女に、遠藤は吸い込まれそうな引力を感じ、熱い眩暈《めまい》を堪《こら》えていた。

「きみもそうなんだな」

女は遠藤を見つめたまま頷《うなず》いた。その喉仏《のどぼとけ》が動いた。

「ラピタ人」

「そうだ。教授たちはラピータという」

女は喉仏を震わせてその音を復唱する。声が遠藤の鼓膜を震わせる。

「おれたちの祖先はアフリカから世界へと広まった。何万年もかけて大陸を横断し、地続きのベーリング海を越えて北米から南米まで進んでいった。それでもときには足踏みをすることもあった」

遠藤はこの発掘現場へ辿り着いて書籍のページをめくり、辞書を片手に文献を読み、教授やチームメンバーたちに聞いて身につけた先祖たちの歴史を語り続けた。そうしなければ獣のように咆えてしまいそうだった。

「ニア・オセアニアの境界線というものがある。ニューギニアの東、ビスマルク諸島、その先のソロモン諸島、おれたちの祖先は一万年前にそこまで到達していた。だがその先のリモート・オセアニアと呼ばれるメラネシアの東側、その先のポリネシアは、ずっと未知の世界だった。それを東へと進んで見つけた人間たちがいたんだ。三三〇〇年前に。東南アジアの島嶼《とうしょ》部に発した彼らは、ビスマルク諸島から境界線を越えて漕ぎ出した。フィジーへ、サモアへ、このトンガへ。彼らはここから、さらに東へと広がっていった。ポリネシアの大海原《おおうなばら》へ。ニュージーランド、仏領ポリネシア、そしてあのイースター島へ。彼らは人の目を象《かたど》った紋様《もんよう》の土器を使い、黒曜石を交易し、豚《ぶた》や犬や鶏《にわとり》を飼い、礁湖《しょうこ》に棲《す》む魚を捕《と》った。そして二五〇〇年前までに、この世界から消えた」

遠藤は女の腕に触れていた。女は小柄だが筋肉を備えていた——心地よい肉体の躍動が彼の指先に感じられた。

女は遠藤の目を見つめ、息を吸った。女の胸の先端が遠藤に触れた。そして舌の上で転がすように、女は再びそっと、ふたりだけに聞こえる声で囁《ささや》いた。

「ラピータ」

その吐息の体温を感じ、強い衝動に突き上げられ、遠藤は女の腰をきつく寄せて唇《くちびる》を奪った。女は拒《こば》むどころか舌を伸ばして応じ、遠藤はもう片方の手で女の胸をつかんだ。むろん初めてのことだった。見ず知らずの女にこれほどの情熱を覚え、愛の表現を発したことは、一度たりともこれまでなかった。

あまりの激しさに、ふたりはバランスを崩しかけた。女をさらに引き寄せ、灯台の壁に押しつけるようにして、遠藤は唇を貪《むさぼ》った。女はわずかに文明の匂いがした。それを吸い尽くすように遠藤は彼女の耳朶《じだ》を、首筋を舐め、上下していた喉仏に無数の口づけを降らせた。女は、はっ、はっ、と熱い息づかいを始め、この島の貿易風を胸の内側に満たしていった。ひと息ごとに女の身体がオセアニアの島々の大気に染まってゆくのを感じた。女が強烈な母性へと還ってゆくのがわかった。

女が身体を反《そ》らし、身を捩《よじ》る。遠藤はその後ろから腰と胸をつかみ、揉《も》み上げる。女の黒髪を掻き分け、うなじを口づけで濡《ぬ》らす。さらに女が身を捩り、灯台の壁伝いにふたりは進んでゆく。

女の胸元を広げ、片方の乳房を引き寄せ、そこに顔を埋めたとき、女が押し殺した声を上げた。遠藤は女の熱気を感じて顔を上げた。女は目を見開き、遠藤の頭越しに、はるか遠くを見つめていた。その瞳が海の最後の輝きを映し込んでいた。

「……ここが切っ先?」

女が喘《あえ》ぐ。遠藤は彼女の胸をつかんだまま振り向き、彼方《かなた》に燃える水平線へと目を細めた。すでに東の空は夜が滲《にじ》み、星々が瞬《また》き始めていた。

女の求めているものが痛いほど理解できた。その痛みに引きちぎられそうだった。違う、切っ先ではない、まだここは切っ先ではない、さらに先へと進んでゆける——遠藤は女の唇に強く口づけし、その瞳を見つめ、唾液《だえき》で糸を引いてつながった互いの唇を感じつつ思った。

遠藤の想《おも》いに応《こた》え、それを確認するかのように女が囁いた。

「上へ行きましょう……」

灯台の内部は狭く、扉の先は潮《しお》の籠《こ》もった物置場で、急勾配《こうばい》の螺旋《らせん》階段が続いていた。遠藤と女はともに、互いに互いを押し上げるかのように導き合った。遠藤は途中で何度も柱に女を押しつけ、シャツの前を広げ、浮き上がった鎖骨《さこつ》と汗の滲んだ乳房を吸った。階段の半ばまで上がったところで、ついに女は長い声を上げた。その声が内部に反響し、女もまた獣が起《た》ち現れることを懸命に堪えていたのだと悟った。女は遠藤のTシャツをたくし上げ、毟《むし》るように脱がせた。Tシャツを抜け殻《がら》のように階段に残し、ふたりは一気に駆け上がった。

七回の螺旋を上り切り、その先の鍵《かぎ》を打ち壊し、扉を開けると、東の夜空が眼前に広がった。ふたりは回廊へと走り出し、錆《さ》びついた手すりをつかみ、林の緑の薫《かお》りを孕《はら》んだ濃密な風を一身に浴びた。背後を仰げば頭上になお聳《そび》える灯室と、その内部で死に絶えた巨大なフレネル式閃光《せんこう》レンズが、最後の夕焼けの光を散乱させて、茜色《あかねいろ》の火種を残しつつ紫《し》紺《こん》に染まっている。

ふたりはこの世界を見渡した。岬の左右に続くサンドビーチも、島の東に広がる森も、刻々と翳《かげ》りに沈んでゆく。しかし夜を切り拓《ひら》く東の空はすでに星々によって明るく、そして島の先に広がる果てしない海は、どの森よりも深く、冥《くら》く、宇宙よりも濃い闇《やみ》を抱いていた。

地球が東へと突き進んでゆく駆動音を、いまふたりは聞いていた。地球が切っ先を拓いてゆく。回転しながら夜の向こうへ、軌道の向こうへと疾駆《しっく》する。西の空はついに最後の輝きを失い、一瞬の鮮やかな緑の閃光を残像としてふたりの眼底に贈り届けて消え、地球のすべてはおのれの影に入り、銀河が頭上を横断する。——これが地球か。これが宇宙か。これが全世界——おれの故郷か。

なぜだかわからないが、ほとんど衝動的に、それがおのれの理性による本能であるかのように、不意に遠藤はそう感じた。

おのれの持っているはずの理性は、いま何よりも相手を欲している。ふたりは上半身を剝《む》き出しのままきつく抱き合い、互いに口づけの雨を降らせ、相手の胸元を吸い、赤い痕《あと》をいくつも刻んだ。女が遠藤のベルトを外し、腹に接するほど起ち上がったものを口に含んだ。遠藤は全裸で仁王立《におうだ》ちとなり女の髪を愛撫《あいぶ》した。さらなる刺激を欲して遠藤が相手を離すと、女は立ち上がり、自ら残りの衣類を脱ぎ捨てた。靴の片方が手すりの隙間《すきま》から地球へと落ちてゆき、その名残《なごり》の音を聞きながら遠藤は女の股間《こかん》を手で探り、激しく指で応答した。濡れた指先を女の乳房になすりつけると、女は指先についた残りを舐め、回廊に仰向けになった遠藤へ、おのれの腰をひと息に沈めた。

女の声は世界へと届いた。

遠藤はごつごつとした回廊を背中で感じながら、両手を高く掲げ、女の胸を愛した。下から飽くことなく突いた。女は何度も片手で髪を掻《か》き上げ、その表情は翳りに隠れたが、遠藤は背後に広がる銀河を見上げた。女の肩は熱く汗に滲み、星々の光が注いでいた。

ふたりは幾度も姿勢を変えた。互いに指先で触れ、強く引き裂き、優しく撫《な》でながら、ふたりの頭上を巡る天と同じように愛のかたちを探り合い、新たな刺激を求めていった。煉瓦の砂がこびりついた女の背筋に指を這《は》わせ、擦《こす》れた膝《ひざ》を互いに舐め合い、もどかしく相手の胸の汚れを払い抱きしめ合った。女はやがて何度も失神するようになった。低く呻《うめ》いて胸を震わせ、鋭く息を吸った後、鼓動以外のすべての動きを止めた。遠藤はその間じっと女のなかに入ったまま抱きしめ、一〇秒、二〇秒と待ち、そして柔らかく乳首を吸い、女が気を取り戻すのを助けた。女はこの世に戻ると険《けわ》しい表情で呼吸し、そしておのれの姿勢さえ意識しないうちから遠藤を引き寄せ、自ら激しく動き始めるのだった。

やがて世界が巡り、遠藤が再び下になって突き上げたとき、地球の闇に呑《の》まれた女の顔にふたつの宇宙が浮かび上がるのを見た。女の両目に映る星々が、遠藤をまっすぐに見下ろしていた。女が激しく動き、遠藤は女の腰を両手で強くつかんだ。ふたつの乳房が軌道を描くように揺れていた。遠藤は声を上げて放った。

「子供のころ、よく夢を見たわ……」

マリアは遠藤の腕のなかで静かにいった。

ふたりは遠藤が持ってきた握り飯を押し黙ったまま貪《むさぼ》り喰《く》い、水を飲み、米粒がすべて喉を通った直後に口づけを交わし、再び愛し合った。あれほど互いを探り合ったというのに、まだ歓びは尽きなかった。女はなお切っ先へと遠藤をたぐり寄せ、遠藤もなお女の初めての反応を引き出した。一度目と同じかそれ以上の量を深々と出し切ると、遠藤は熱い余韻に浸《ひた》ったまま、女とともに回廊の上で眠りに墜《お》ちた。

ふたりがほぼ同時に目を醒《さ》ましたとき、空は回転しながらもなお星々を湛《たた》えていた。ふたりは起き上がり、全裸のまま互いに肩を抱き寄せ、灯台の胴壁に凭《もた》れて座った。

そして数時間ぶりに、ふたりは文明の言語を交わしたのだ。

「わたしはどこか遠い世界に生きる子供で、見知らぬ男の人に手を引かれて走っていた……。その人の温《ぬく》もりが直接伝わるわけじゃない。わたしたちは宇宙服を着込んで、大きなヘルメットをかぶっていた。男の顔はヘルメットが黒く反射して見えない。彼は何ものかから逃げていて、わたしの手を強く引いて急《せ》かしながら、何度も後ろを振り返る。その相手はどれほど恐ろしくて大きいのか、彼は地平線の彼方ではなくて、背後の空を見上げるの。大地はどこまでも紅《あか》く、草は突風に煽《あお》られて、いまにも根っこごと持って行かれそうだった。そうしてわたしたちが辿り着いたのは岬だった」

岬、という言葉が遠藤の胸に染み渡る。マリアは東の果てに目を向けたまま語り続ける。

「見下ろすと海は深い紫色に染まり、遠くの裾礁《きょしょう》では波が激しく砕《くだ》けていた。砂浜は狭く、ごつごつした岩肌が露《あら》わで、迫り出すように尖《とが》った岬には、小さな修道院が残っていた。男が激しく扉を叩《たた》くと、なかから宇宙服を着た人たちが現れて、わたしたちを招き入れてくれた。男は彼らと握手し、ハグして、手振りで懸命に何かを伝えようとしていた。無線通信手段はとうの昔に奪われて、もどかしそうに大人たちは紙に文字を書いて情報を伝え合おうとした。彼らのヘルメットはどれも黒光りして、何の表情も見えなかった。やがて部屋の奥からひとりの小さな子が、大人に促されて姿を見せた。その子も宇宙服を身につけていたけれど、わたしはひと目で年下の少年だとわかった」

マリアは静かに片手を伸ばす。初めてその少年と宇宙服越しに触れた仕草《しぐさ》を思い出すかのように。

「わたしはその子が、わたしと同じくらいに、わたし以上に、この世界のことを知っているのだとすぐに気づいた。わたしはヘルメットのなかで声を上げた。叫んで呼びかけた。その子の顔も、声も、わからない。でも彼が周りにいる大人たちよりずっと賢く、世界を感じていることを、はっきりと悟った。それは彼も同じだった。彼もわたしのことをすぐさま理解して、わたしたちは何度も、何度も、互いのヘルメットをぶつけながら、相手の声を聞こうと必死になった。わたしたちは床にしゃがんで、知っている限りの言葉と概念を指で書いた。彼の文字は初めて見るものだったけれど、わたしは頭を絞《しぼ》るようにしてそこから少しずつ文法を見つけ出していった。彼も同じで、数式も、この宇宙を表す図面も、わたしたちは互いに被《かぶ》せるようにして書きまくった。それでも欲求は満たされなくて、周りの大人たちに声を求めてすがった」

マリアの声が震え始める。遠藤はその肩を強く抱き寄せ、さすり、おのれの肌で温める。

「わたしたちは交換した知識を周りの大人たちに伝えようとした。何度も根気よく図を描いて教えようとした。でも大人たちはわからないの。わたしたちが目を瞑《つぶ》りながら議論を深め、手に手を取り合って次の地平を見つけ、快哉《かいさい》を叫びながら到達したこの世界の理《ことわり》も、周りの大人たちにはまるで通じず、歓びさえも共有できない。それどころか彼らは落ち着きをなくし、しきりに窓の外に顔を向け始めた。ひどく狼狽《ろうばい》しながら古びた銃を手に取り、怯《おび》えて祈りを捧《ささ》げるような真似《まね》さえ始めた。夢のなかのわたしはその子のヘルメットを見つめ、同時に心を決めて、外へと駆け出した。岬には激しい向かい風が吹き込んでいて、彼はわたしの手をつかんで引き寄せてくれた。振り返ると荒野の果てから、真っ赤な雲が迫っているのが見えた。雲は恐ろしいほど厚く、稲光が絶えることなく弾けて、この突風に逆らって近づいてくる。呑み込まれた大地がどうなったのかわからない。雲の下は真っ暗で、すべてが吸い込まれてしまったようにも見えた。わたしはここがどのような時代なのか知った。まだほんの小さな子供だっていうのに。そのとき彼がわたしの手を強く引いた。わたしたちが丘を駆け下り、砂浜に降り立ったとき、それまで見たこともない異変に気がついた。無数のウミガメが波に乗ってこの浜辺へやってくる。次々と打ち上げられて、前足で懸命に砂を掻いて、わたしたちのもとへやってくる。わたしは息を呑んで彼と立ち尽くした。ウミガメたちは産卵するために、この浜辺へ辿り着いたの」

マリアは右手を空へと伸ばした。その指は長く、爪《つめ》はしかし刈り込まれ、余計な人工のものは何もついておらず、本来のいのちの色に灯《とも》っていた。

「大人たちは誰もウミガメを止めることはできなかった。赤い雷雲はいまにも届こうとしているのに、ウミガメたちは力を振り絞って砂を掻き、涙を流しながら白い卵を産みつける。わたしたちの目の前で、寄せ来るひと波ごとにウミガメは増えて、まるで世界のねじがおかしくなったように、次から次へと上陸してくる。ウミガメの卵はどれも温かく濡れて、内側からまるで光るかのようで、わたしは言葉も出ずにその光景を見つめた。そのとき、彼が突然ヘルメットを外したの。ヘルメットの縁がばりばりと割れて、赤茶けた縮れ毛の少年が、わたしの前に現れた。彼は両の手袋で顔を拭い、髪をぐしゃぐしゃと掻き乱し、空に向かって大声を上げた。そして驚くわたしをよそに、産卵が終わったばかりの卵を砂のなかからつかみ出すと、片手で握りつぶしてその汁を啜《すす》った。彼の口元から卵白が垂れて、彼は急いで手の甲で拭って舐めた」

マリアは天へ掲げた右手を口元に寄せた。

「わたしもヘルメットを外して放り投げた。汗でごわごわになった髪を同じように強く振り、大きくこの胸で息を吸い込んだ。潮と鉄の匂いが身体に満ちて、男の子はわたしを見て猛々《たけだけ》しく笑った。わたしも動物となって笑い、大人たちが何も手だしできず遠巻きに見ているなか、彼とふたりで卵を次々と掘り起こして啜った。ウミガメが力を振り絞って産み落とした卵を、わたしたちはどれもひと呑みで喰らっていった。満腹になったわたしたちは立ち上がり、互いに手と手を取って笑い合った。そしてまだヘルメットをかぶっている、表情も見えない大人たちの間を擦《す》り抜けて、再び岬の切っ先まで上った。赤い雷雲はすぐそこまで迫ってきていた。わたしたちは光と雨が大地を叩きつける轟音《ごうおん》を感じていた。手を取り合う距離でも互いの声がうまく聞き取れないほど、その雷鳴は凄《すさ》まじかった。鷗たちが絞り出すような野生の絶叫を上げて、あたり一面に飛び交っていた。わたしたちは修道院を越えて岬の先端まで走った。わたしたちの前には海原が広がり、その向こうには真一文字の水平線があるばかりだった。わたしたちは互いに身を寄せ、突風を顔の真正面で受け止めながら、それでも手で目を覆うことなく世界を見つめた」

「きみは、飛んだのか」

遠藤はマリアを促した。

マリアは顔を寄せ、遠藤の瞳を見つめていった。

「いいえ、飛んだりはしない。どんなときでも、決して岬から飛んだりはしない――その瞬間、少女のわたしは気づく。いつでも夢のなかで、そのとき突然に理解する。わたしはまだ死なない、わたしは準備したのだと。わたしは子供を産み、この希望はその子に託すことができる、たとえ子供が死んだとしても、生きている誰かに、たとえ人間でなくともこの世界に生きているいる何ものかに、わたしは想いを継いでゆけるのだと。そう知った瞬間、夢のなかのわたしは信じられないほどの歓びに打たれて、男の子にキスをするの。地鳴りが背後から突き上げて、すべてが暗くなる直前、わたしは男の子と抱き合いながら、鷗たちの舞う渦《うず》の中心に立つ――」

マリアの言葉がそこで終わる。遠藤はその唇に口づけをする。

「――継いでゆく想いとは?」

「言葉にはできない……。でもわかるの。わかるのよ……」

言葉はふたりの肉体からゆっくりと火照《ほて》りを取り去ってゆく。遠藤もマリアに語り始める。

遠藤もかつて小さいころ、決まって同じ夢を見た。熱に浮かされると目の前に光景が起ち現れる。それはどこか古い異国の街で、遠藤は九つの子供であり、彼は大きな屋敷の庭に立っているのだった。それは生まれてから衆星《しゆうせい》の天が東に向かって一度の一二分の一動いたときだと、夢のなかの遠藤は後に知る。屋敷の庭では祝宴が執《と》りおこなわれており、さまざまな家族が集《つど》っていた。そこで遠藤はひとりの少女の姿を見出す。彼女は紅色の、高貴でしとやかな衣服を身につけており、彼はひと目で心奪われるのだ。

マリアは遠藤の胸に凭れて聞いている。遠藤の心臓の鼓動に耳を預けながら。彼の夢さえも知っているかのように。

それから九年が過ぎ、夢のなかの彼は、偶然にも成長した淑女《しゆくじよ》を街角で見かける。九という数字に彼は運命を感じた。ちょうど再会したときが、その世界の第九時と呼ばれる時間だったからだ。彼は嬉《うれ》しさを胸に抱いて家に戻り、その女のことばかりを考える。うたた寝をして気がつくと、部屋には炎のように燃える色をした靄《もや》が立ち込めており、そこから畏怖《いふ》の念さえ感じさせる恐ろしい出で立ちの何ものかが現れた。その存在は愛の神か何かなのだろうか、いたく喜んでいる様子で「おれはおまえの主《しゆ》だ」といい、紅の織物にくるまれた裸の婦人を腕に抱えて遠藤に見せた。それこそまさに街で再会したあの女性で、存在はもう片方の手に燃えたぎる心臓を持ち、「おまえの心を見よ」といいながら眠る彼女を起こし、その燃えるものを喰わせるのだった。恐ろしい存在は悦《よろこ》びの涙を流し、遠藤の前から、彼女とともに天へ昇って消えた。

夢のなかの遠藤は、やがて成長して市政に携わるようになる。しかしさまざまな駆け引きのなかで都市を追われ、彼は長い旅に出る。夢のなかの遠藤が愛した女は、若く気高いうちに生涯を終え、彼はその後一度として話す機会もなかった。しかし夢のなかの彼はそれゆえに、彼女を永劫《えいごう》に愛し続ける。

「小さかったころはなぜ自分がこんな夢を見るのかわからなかった。高校を卒業して、バイクで旅をするようになった。おれは遠くへ行きたいと思った。岬を目指すと、やはりバイクでやってきた男とすれ違うことがあった。あいつらもおれと同じ人間なんだ。この世界にはどこまでも先へ行きたいと思う人間がいる。岬へ辿り着いたらその先の水平線まで、どこまでも漕ぎ出したいと願うような——」

「岬にいたのは男だけだった？」

遠藤は言葉を呑み、そして思い出していった。

「そうだ、ときおり女もいた——おれたちが辿り着いた岬に、そうした女たちがひとりで立っている——」

「あなたはラピタ人だったことがある？」

マリアは身体を起こし、遠藤の顔を覗《のぞ》き込む。その表情は靭《つよ》く、そして女のもので、笑みを浮かべる口元から見える歯は生々しいいのちを感じさせた。

「大きくて、逞《たくま》しい、ラピタの男だったことは？」

「きみも生まれ変わりなのか……？」

マリアは声を上げて笑う。

「岬を願うのは男たちだけだと思っているの？」

マリアは遠藤の腰に跨《また》がり、片腕を首に回してくる。遠藤の肌を愛撫しながらいう。

「切っ先を拓くのはわたしたちじゃない。わたしたちは想いを次へ託す役目なのよ。飛行機を操縦するとわかるの、地平線を目指して飛んでも、そこへ辿り着いたら次の地平線がある。それでもあなたは先へ行きたいと願うのでしょう？　そうした男たちを自分のなかから掘り起こしたいのでしょう？　でも地球は回転しているの。東はどこまでも東だわ。夜明けはいつも東からやってくる。だから託すのよ。わたしたちはいつだって準備しかできない、だから新しい人たちが本当に取り組めるように、わたしたちはいつでも旅立ちながら、これから来る次のいのちに想いを託すの」

「きみは誰なんだ？　きみのことがわからない……」

股間を刺激され、遠藤は呻く。マリアはそれを手に取り、腰を動かして自らのなかへ収め、深く息を吐き出していう。

「あなたは永遠に、わたしのことはわからないわ」

遠藤は宇宙を抱いた。

それは、彼がそのように錯覚しているに過ぎなかった。マリアの肉体は優しく、柔らかだった。星の光を受けた銀色の林は眼下にざわめき、また底光りする銀河は頭上にはるか果てから果てへと流れ、遠藤は灯台の上でマリアと愛し合いながら、宇宙の中心におのれが漂い、この世界のすべてを抱き、また抱かれているかに感じていた。

マリアはときに闇となり、しかしときに星明かりを受けて浮かび上がり、宇宙の静寂さを打ち壊すかのように生きものの叫びを上げた。そのたびに遠藤は宇宙から地上へと引き戻され、マリアの匂いと汗に呼び覚まされた。

　ふたりは愛しながら互いの夢の話を続けた。これから見るであろう夢を語った。かつて見て失われた夢を想像した。言葉は互いに絡《から》まり合い、それらも肉体と同様に悦び続けた。天は回る。地は動く。その回転のなかで眩暈《めまい》さえ覚えながら、遠藤は宇宙を抱き続けた。

　やがてマリアの身体が色づき始めた――陽《ひ》に焼けた彼女の首筋に朱《あか》い火照りが見え始め、彼女の黒髪が緑に輝き出した――遠藤は鷗の啼き声を聞き、顔を上げた。マリアは灯台の壁に背を預け、片足を上げて遠藤の腰に回し、遠藤のものを受け入れていた。打ちつける音が世界に響いており、マリアが歓喜の表情で遠藤の肩越しに空を眺めていった。

「夜が明けるわ」

　そのとき、宇宙が目映《まばゆ》い光に包まれた。遠藤とマリアは交わったまま揃《そろ》って顔を上げた。東の空からやってくる曙光《しょこう》が、灯台のフレネル式閃光レンズに射し込み、虹色の輝きを一斉《いっせい》に放ったのだ。

　幾重《いくえ》にも深く凹凸《おうとつ》の刻まれたレンズは、そのひとつひとつの弧《こ》のかたちを、そのまま世界に解き放った。遠藤とマリアの周りに九重《きゅうちょう》の天が浮かび上がった。すべてその光の輝きは違う。炎のような明るさから、鉱石を鏤《ちりば》めたような目映さへ、さらには大気に残る闇の粒子が次々と弾けて迸《ほとばし》るような輝きへと広がってゆく。そしてその向こうには、さらに輝かしい天があるように見える。

遠藤は、そこに鷗の姿を見た。

鷗の群《むれ》が乱舞していた。どの鷗も嘴《くちばし》を開き、光を浴びて、生きものの叫びを発していた。啼き声が世界に満ちてゆく。遠藤とマリアの周りを、灯台の周囲を巡るように、天の動きと同調して、沸騰《ふっとう》するかのように羽ばたいてゆく。

遠藤はマリアの腰をつかみ、相手の唇に口づけをした。マリアも遠藤の肩に強く指を突き立てて応じた。遠藤は最後に激しく腰を打ちつけ、放ち、大きく震えた。

動いている。おのれと、この故郷のすべてが動いている。自分の感覚さえも――これはただの幻覚なのか？　それとも夢や空想などではなく、目には見えないが別の名で呼ばれる、何か確かな力なのか？　遠藤はいままでそれを信じずに生きてきた。だがそれはいま遠藤の願いを、遠藤の意《こころ》を、車輪のようにすべてを回し、動かしているかに思える。太陽と無数の星を動かす力、それは――。

「見て！」

マリアの叫びに、遠藤は世界を仰いだ。レンズの輝きが消え去ろうとしている。空が急速に戻ろうとしている。そのとき遠藤は間近に鷗を見て息を呑んだ。鷗の鋭い嘴と、そのガラス玉のような瞳に、心を揺さぶられた。

遠藤はマリアから身体を離し、壁に背をつけた。震えが止まらない。レンズがいのちを失い、鷗たちが一斉に散ってゆく。嵐のような啼き声が世界に拡散し、だが遠藤はいま鷗の瞳に見たものに、おのれを抉《えぐ》られたまま動けずにいた。

肉体の熱が蘇《よみがえ》ってくる。股間から腹の奥へ、胸から喉へ、熱い震えが広がってくる。遠藤は横にいるマリアを見つめ、そして再び空を仰ぎ、その眼前におのれの両手を差し出した。いま見た鷗の瞳を思い起こした。

弾けるようにこの身が動き、遠藤は回廊の手すりに駆け寄り、この世界を見渡した。痕《こん》跡《せき》は何もない。いま見た名残はもはやつかみ取れない。しかしこの身体の震えは何だ？この熱は何だ？

遠藤は岬を求めてきた。切っ先を求めてここまでやってきた。人類は、社会は、いや、もっというなら文明は、いつの時代もそうして未知なる東へと漕ぎ出してゆく。宇宙に触れるために。宇宙を抱くために。だが宇宙もこちらへ向けて漕ぎ続けているのだとしたら？

宇宙もはるか昔から、おれたちを求め続けているのだとしたら？

おれたちだけでなく、宇宙もまた準備しているのだとしたら？

宇宙もおれたちと同じように、この切っ先へと進み続けてきたのだとしたら？

「ああ」

遠藤は唸《うな》った。衝撃と、歓喜の悦びが一体となり、遠藤のなかで爆発していた。震えながら遠藤は振り返った。そこには全裸のマリアが壁に凭れたまま、脚をわずかに広げ、臍の下に手を置いて、静かにおのれの肉体を労《いたわ》っていた。マリアの内股《うちまた》から残滓《ざんし》が糸を引いて落ちる。マリアは笑みを浮かべていた。

緑の閃光が瞬き、太陽が地球の先端から昇ってきた。

マリアは内股の残滓を指先で拭い、舐め上げてから、散乱したおのれの衣類を集め始めた。その様子を遠藤は見つめていた。文明に戻ったマリアは遠藤の下着を差し出していった。

「また逢《あ》いましょう」

「どこへ?」

だが答はすでにわかっていた。遠藤の震えは止まっていた。

微熱がまだ全身に疼いている。

マリアはおのれの唇を手の甲で拭い、そしていった。

「あなたと同じ。次の岬へ」

Wonderful World

1

これは一篇の物語ではなく、歌のようなものかもしれない。いつか物語となって〝いま〟を描くが、今朝《けさ》は地平線を追いかけて進む、五分五三秒の歌かもしれない。

心に描いた地図　広げたら　新しい明日を見にゆこうよ My friends　勇気が少しあれば未来が変わる

娘の聴いていた曲は、あのころそう歌っていた。

「あっ、また時計、進んでる」

制服姿の聡美《さとみ》が壁掛けの時計を見上げていう。私は湯呑《ゆの》みを置いて目を向けた。白い縁取りのアナログ時計は、聡美が生まれる前からダイニングの壁にあった。いつも朝の食卓に着いているとき、窓からの陽射《ひざ》しを受けて光っていた。

聡美は安心したのか息をつき、自分のスマートフォンを鏡代わりにして髪を整える。聡美は中学二年生で、ダンス部に所属し、こうして毎朝の練習のため慌ただしく身支度《みじたく》をするのだ。髪を後ろで束《たば》ねているが、前髪の両脇《わき》は時代劇のお姫様のように細く束を垂《た》らしている。アイドルの子たちがやっているよといわれてテレビを観たら本当だった。髪を掻《か》き上げる聡美の右耳に、貝殻《かいがら》のような白い膨《ふく》らみが装着されている。一方の左耳はほとんど見えないほど小さな肌色の器具で、対比がよくデザインされている。彼女がお気に入りのイヤホンセットだ。スマートフォンに挿《さ》したトランスミッターから音を受け取る。耳に手を添えて小首でも傾《かし》げれば、海辺で耳に貝を当てて潮《しお》の音を聴く姿になる。

そこから流れるJポップは、きっと未来を歌っているだろう。

「お茶は？」

「いらない。写真撮《と》らなきゃ」

聡美はスマートフォンを胸元のポケットに入れ、私の横へ来て、カメラのある棚《たな》へと笑顔を向ける。私もわずかな笑みを浮かべる。一〇年間続いてきたライフログは記録を更新する。

写真に収まるとき、私たちの後ろの壁にある、空色のクレヨンで描かれた落書きが写り込む。おそらくそれは未来の庭だ。途中で飽きたのか、母親に叱《しか》られたのか、三歳だった彼女は夏の草花を描きかけて終わった。あらかたリフォームして当時の彼女の創造的産物はほとんど失われてしまったが、この落書きだけは毎朝私の側《そば》で咲いている。

「行ってきます。帰りは六時半くらい」

聡美が登校してゆくと、壁時計の静けさが起《た》ち上がる。聡美の声の代わりに葉擦《はず》れの音や大通りの車の音が耳に入り、マンションの壁越しにエレベーターの加速と減速の音が聞こえる。世界の息吹《いぶき》が届いてくる。

秒針は、かち、かちと弾《はじ》けて時を刻むのではなく、摩擦など知らないように滑らかに進む。この時計を買うとき店頭で耳を近づけて音を確かめたものだった。妻は時計の音をまったく気にしない人間で、時計そのものにも無頓着《むとんちゃく》だった。しかしひとりになったいま、無音の秒針が世界を食卓に呼び込んでくる。

立ち上がって食器を洗う。デスクトップPCにオーディオ機器にテレビやエアコンのリモコン、あらゆるものに時計機能がついているが、昔からいつもこの白い時計だけが、気づくと未来に進んでいる。針をそのままにしたのは、聡美の知らないところで針を戻すと明朝のかたちが変わってしまう気がしたからだった。

自分の携帯電話でマルセルを呼び出す。昨夜のうちにホテルには到着したらしい。これから会場に向かうとのことだった。

「わかった。こちらもいまから行く」

「未来が変わるぞ」そういってマルセルは通話を切る。

私も支度を調えて家を出た。

マンションの玄関を出たところでランドセルを背負った子供たちとぶつかりそうになる。デザインの異なる別棟のマンションがこのあたりには並んでいるのだ。男の子はくるりと身を翻《ひるがえ》して直前で衝突を避け、「すみません!」と叫んで駆けていった。その耳にも白い貝がついていた。最近のイヤホンは咄嗟《とっさ》のときに正しく音量を下げ、周囲の音も的確に耳に届けてくれるので、小学生が通学時に装着しても叱られないらしい。私は子供たちの元気な後ろ姿を見届けて車に乗り込んだ。

快晴の空だ。初夏になって緑も美しい。バイパスの緩やかな坂が長く続き、頂点に達したところで視界が広がる。大学に勤めていた一〇年前まで、この一瞬の光景が私のライフログだった。あのころはほとんど永遠に続くと思われた道路拡張工事も、いつの間にかすべて終わり、先に広がる車道はまっさらな状態でトンネルへと続いている。

目に入る左右の街並みさえ真新しく見えるのは、きっと気のせいではないのだろう。多くの集合住宅は震災後に全面的な修繕作業をおこなった。この町はある時点からほぼ一斉《いっせい》に垢《あか》や汚れを洗い流し、わずかな亀裂さえも埋めて、化粧直しを施された。ばらばらに積み重なっていたはずの時間はひとつに揃《そろ》えられ、家電量販店に並ぶ時計よりはるかに足並みを揃えて秒針を動かすようになったのだ。

コンベンション会場はすでに名札をぶら下げた研究者たちで混雑していた。国際学会なので海外からの参加が多い。私は急いでホール前方へ行き、長身のマルセルに声を掛けた。

こうして実際に会うのは二ヵ月ぶりだ。英科学誌の電子版に彼を中心とする共同論文が掲載されて以来、講演での発表は初めてとなる。マルセルは穏やかな表情で私の手を握り返した。彼の指は細く均整が取れており、初めて見る者は男性でも息を呑む。そしてつい一昨日、彼はフランスの若きピアニストであるマリー・ドゥメールと入籍を果たしたばかりだった。情報工学者でありながら衆目を集めることにかけては稀有《けう》な才能を持っている。面長《おもなが》の相貌《そうぼう》はいかにも神経質な研究者然としているが、まだ三〇代前半のマルセル・ジェランには他者を惹《ひ》きつける華々《はなばな》しさと異質さがあった。

「市川さん、おはようございます」

とスーツ姿の衛藤麻夏《えとうまなつ》が駆け寄ってくる。四年前に大学院の修士課程を修了して私たちの会社の一員になった、チーム最年少のエンジニアだ。情報科学の出身だけあって、男性多数である工学系社会のなかにあっても物怖《ものお》じしない性格である。

「席、取っておきました。後ろの方ですけど」

「五味《ごみ》は？」

「まだ見てないですね」

研究部長の五味は携帯電話を嫌って持ち歩かないので連絡がつかない。会場を見渡してもその姿は見つからなかった。衛藤に案内されて席に着いたときには、すでに立ち見の客が溢《あふ》れ始めていた。この講演はウェブでも中継される手はずになっている。タイムラインも賑《にぎ》わってくれることだろう。

「あっ、ケン・ズウが来ているようですよ」

隣の椅子《いす》に座ってスマートフォンをいじり始めた衛藤が声を上げた。会場に詰めかけている観衆がソーシャルネットワーキングサービスで現場の状況を呟《つぶや》いているのだ。

出入口に近い壁際《かべぎわ》に大柄の男が腕組みをして立っているのが見えた。私だけではない、すでに彼に気づいた人々がひそひそと話し始めている。

髪を短く刈り上げ、代わりに口髭《くちひげ》を豊かに生やしたその男は、世界連邦政府などという時代錯誤的な構想を唱える宇宙工学者だ。しかしかねてからアセアン諸国での評価は高く、国際的な発言力を強めていた。私のように業界の外れにいる人間でさえ、周墾《ズウ・ケン》と議論で争いたくないと震える科学者を何人も知っている。

マルセルは音楽家のように学術講演をおこなう。それが彼の特徴だが、その講演に一度でも接すると、他の研究者の発表が科学にとって紛《まが》い物のように思えてくる。

座長の短い挨拶《あいさつ》を受けて登壇《とうだん》したマルセルは、まずゆっくりと聴衆を見渡した。徐々に会場の照明が翳《かげ》り、彼もまたそのなかへと溶けてゆく。この街ではどの発表者も被災地への気遣《きづか》いの言葉を述べるものだが、彼はそうした前置きをいっさい省いて英語を発した。

「未来を想像し、予測する行為には、ヴェルヌの時代からすでに批判が繰り返されてきました」

巨大スクリーンの中央に、しかしその広さをもてあますほどの小さな映像が浮かび上がった。往年の科学小説の挿画《さしえ》たちが、褪《あ》せた色彩で再生される。ヴェルヌからロビダへ、そしていくつもの映画のスチール写真へ。かつての未来図が万国博のパノラマのように目の前を過ぎる。奇妙なヒト型の蒸気機関ロボットが傘《かさ》を差した貴婦人たちとともに宮殿の屋上からパリの街並みとエッフェル塔を眺め下ろす写真が登場し、そんなロボットがあったのかと意表を衝かれたが、会場から笑い声が漏《も》れて、マルセルが紛《まぎ》れ込ませたフェイク画像だとわかった。

不意に、映像の小枠《こわく》がゆっくりと拡大していることに気づく。マルセルはそうした認知の流れさえ計算していただろう。パノラマのようだという連想は、やがて実際の万博映像が次々と現れ始めたことで強化された。いくつものパビリオンが未来への想像力を上書きしてゆく。どれも当時の運営者たちが全力で未来を表現していたことがわかる。途方もない予算を投入して有形と無形の場を演出し、来場者の心を、当時のすべての人々の希望を、つかもうとしていたことがわかる。

だが、なぜマルセルはこれらの映像を見せているのか？　疑問を抱いたそのとき、いままでとは異なるアングルの万博写真が映し出された。各々《おのおの》のパビリオンは個性的だが、それらは互いに無関心であった。広大な敷地内を巡るモノレールや動く歩道は、なるほど万博の動脈だが、運び繋《つな》げるのは人の行列で、未来そのものは孤立している。

そして未来が唐突に途切《とぎ》れる。どこまでも遠い緑の芝生《しばふ》と、頭上に散ってゆく味気ない薄青の空。日本人なら誰もが想い起こす万博記念公園だが、実際に足を運ぶ若者はどれだけいるだろう。世界を一堂に集め未来を演出した舞台を恒久的な公園にする、そのコンセプトがまるで残骸《ざんがい》のように胸に染み入る。世界各地の万博跡地が投影されてゆく。マルセルはまだ冒頭のひと言しか発していない。ずっと口を噤《つぐ》んでいる。いつまでこの映像を続けるつもりなのか。

黄色い光の揺らめきが視界の隅《すみ》に浮かび上がった。

気づくのは遅かったかもしれない。だがホールにいるすべての人が、おそらくは遅かったのだ。

音楽が起ち上がってきた。ずっと無意識のうちに聞こえていたメロディが、揺らめきとともに脳のなかで焦点を結んだ。光はやがて織物のように波をつくると、画面の中心へ向かって矢印のかたちを取った。

私たちはいつしか中央の小さな枠内のみをスクリーンだと錯覚していたのかもしれない。だから矢印が迫《せ》り上がってきたとき、スクリーンを飛び出してこの現実の空間に生まれたように見えた――だがさらなる矢印がフレームの左上から現れると、周囲からはっきりと驚きの声が上がった。画面全体に奥行きが生じ、それは本当に三次元の映像となったからだ。

瑞々《みずみず》しい発色の三番目の矢印が右から現れる。立体の効果はもはや誰の目にも明らかとなり、マルセルが会場に特別な装置を仕掛けたのだとわかった。左右ふたつの光源から撮影位置の異なる映像をすばやく交互に投写すれば、裸眼の聴衆の脳内に立体映像が浮かび上がる。カジノのディーラーが両の親指でパケットを弾き、重ねてゆく、あのイメージが――メタファーが――私のなかで閃光《せんこう》を発したそのとき、ついにマルセルが次の言葉を放った。

音楽が鼓膜を打った。

マルセルは語り始めた。彼の完全な英語が繰り出された。彼はヴォーカルだった。彼の言語は矢印たちと共鳴してゆく。彼が文脈を産み出すごとに、大気が新たな色彩を矢印へと蒸着させる。彼がデータを口にするたび、矢印は加速しひとつ前のそれを追い抜いてゆく。錯覚であるはずだった。あの矢印を計算したのは私と五味のふたりなのだ。マルセルはシミュレーションの結果に合わせて言葉に揺らぎを導入しているに過ぎない。しかし目の前に現れるのは未来への道筋であり、その行方《ゆくえ》を指揮し、予測し、導いているのは、ほかならぬマルセル自身の声であった。

私たちのチームが開発したのは人間社会の〝倫理観〟の動向を予測するシミュレーションシステムだ。〈未来とは人々の心のなかで倫理が変化した世界を意味する。ごく数名ではなく人類の大多数がテロリストとなったとき、世界は未来という名の現在に進んだことになる〉――ある作家が書いたこの文章は、ビリヤードのキューのようにマルセルの心を突いた。

未来は予測できない。だが人は昔からその限界を見据えた上で、さまざまな可能性をつかもうとしてきた。〈未来を予測する最良の方法はそれを発明してしまうことである〉とはパーソナルコンピュータのアイデアを世に広めたアラン・ケイの有名な言葉だ。〈未来は予測できないがデザインするものだ〉と唱えた情報処理学者もいる。

なぜ人間は未来を予測できないのか。その問題については社会学や神経科学から多くのアプローチがある。文芸批評分野でも未来予測の幻想については論じられてきた。だが端的にいえば、それは私たちの認知能力の限界に起因する。私たちはひとつの視野から物事を見ることはできても、複数の視野を同時に操ってそれらの関係性を統合的に捉《とら》える能力に乏《とぼ》しい。実際の未来とはひとつのヴィジョンで実現されるものではない。そのことは近年とみに浸透してきた社会観であるはずだ。

かつて映画や漫画の世界ではチューブトレインが縦横《じゅうおう》に張り巡らされた都市が描かれてきた。そうした科学技術の成果が地球上にくまなく行き渡るかのような幻想をいっとき与えた。しかしおそらく現実の未来には、発達した都市とさまざまな地方と多くの村々が同時に存在し、そしてひとつの町にさえ、高度な通信ネットワークを使いこなす者と昔ながらの価値観で生きる者が共存するだろう。未来とは均一な世界観でかたちづくられるのではなく、無数の未来が重層した社会であるはずだ。

未来のヴィジョンを人々に提示する職業であるはずの科学者や技術者は、これまでそうした未来像を描くことを不得手としてきた。実際の彼らはおのれの研究分野という限定された視界から未来を見ている。それが真のヴィジョンだと思い上がる。彼らの未来像は箱庭のなかで整合が取れているがゆえに、研究予算を獲得するイメージボードとしては秀逸だったかもしれない。だがそれは獅子《しし》も虎《とら》も兎《うさぎ》もみな従順に寄り添って楽園に暮らす、生態系を無視した新興宗教のパンフレットにも似た、薄気味の悪さを湛《たた》えていたではないか。

また、ミクロシステムとして発生するさまざまな要素が、どのように未来というマクロシステムのうねりへと繋がってゆくのか、その数理モデルの構築が簡単ではなかったことも一因だろう。マクロ界に異常をもたらすプロセスをミクロシステムの物理法則で解く――連結階層アルゴリズムによる地球規模の気象予測や経済予測の夢は、《地球シミュレータ》以前からずっと希求されてきた。マルセルが今回新しくコンセプトを打ち出した私たちのシミュレーションシステムは、人間社会にうねるさまざまな〝倫理観〟の動きを捉えて提示する。人は倫理観に縛《しば》られておのれの規範を決定し、その表現型は人間相互のコンミュニケーション活動――そう、マルセルはその単語だけを特別に、ダンスを踊るかのように発音する――そのコン－ミュニ－ケーション活動によって、群行動のように振る舞う。共有された〝倫理観〟は個々人の規範をさらに変え、彼らの行動に未来のバイアスをかける。社会をつくるひとりひとりが細胞であるなら、未来は個体の健康に似ている。個々の小さな規範が細胞情報伝達物質であるなら、未来はがん細胞の行方に似ている。未来がマクロな社会であるなら、私たちはミクロシステムだ。両者を繋げるものはいったい何か。

それが〝倫理〟であるとマルセルは看破したのだ。

不意に私は思い出した。五年前の研究会で、私が彼と初めて顔を合わせたときのことを。あのとき私は偶然に語って聞かせたのだ。アメリカの作家レイ・ブラッドベリが著書でつねに言及したメタファーの概念のことを――。

前列の男が立ち上がる。気がつくと会場のあちこちで観客が席から立ち上がり、スクリーンを見つめていた。マルセルの発表は畳《たた》みかけるように結論へと向かう。人々は次々と立ち上がり、首を伸ばして画面の数式とシステムデザインを確かめようとしている。そのうねり自体が、倫理観の変化によって雪崩《なだれ》を打って塗り替えられる未来の姿と重なっていた。私自身も立ち上がり、私たちのデータを突き抜けながらなおも前進してゆく矢印の群《むれ》を見つめた。マルセルが結語を放ったそのとき、大きな金色の矢印が、ぐいと他を押しのけるように中央へ折れ曲がり、そして画面を埋め尽くした。

どよめきと拍手が会場に湧《わ》き起こった。それはアンコールの喝采《かっさい》のようでもあった。人々の顔は紅潮している。熱気が場内に籠もり、冷めようとしない。私は今朝方のマルセルの言葉を思い出した。未来が変わるぞ——あの最後に出現した金色の矢印は私たちなのか。マルセルの放った新たな倫理によって心を変え、ぐいと画面の中央へ折れ曲がったあの力こそは、いま拍手を送っているこの私たち三〇〇名だというのか。そして最後に視野を埋め尽くした矢印こそは、マルセル自身の予言なのか。

座長が慌ててステージへと上がってゆく。

「ご質問は——」

彼の右手が会場に向けられる。だがマルセルはすでに会場の奥を見つめていた。その視線の先を目で追うと、周鑿が高く手を挙げていた。彼は座長など見ていない。その目もまたまっすぐにマルセルを見据えている。座長の泳いだ右手が、やがて周鑿を指して止まる。まるでマルセルの用意した未来を確定するかのように。

「興味深い講演に感謝する」

通路に設置されたスタンドマイクまで歩み寄った周鑿は開口一番にそういった。無駄な社交辞令をいわない男がマルセルに礼を述べた。

「私は今世紀のニュー・ヴィジョンを推進するために、かねてから人々の倫理観のシミュレーション研究が最重要課題だと感じていた。すなわち宇宙時代の可能性——宇宙シフトと呼んでもよいが——人類社会の未来と宇宙進出の展望について、その教理《ドクトリン》をいかに構築し、いかに政治的に正しく広めてゆくのか、それが私たちにとって未来創造の鍵《かぎ》となるはずだからだ。倫理が変わることで未来は変わる。さて質問だが——」

周壑は無表情に続けた。

「貴君の見解において、人々の倫理を倫理的に変えることは可能かね？」

私が息を呑む隙《すき》も与えずにマルセルは答えた。

「可能だと考えます」

「素晴らしい」周壑は満足げに頷《うなず》いた。「見事だ。ありがとう」

2

「見て！　お父さんの記事が出てる！」

ダイニングに駆け込んできた聡美がスマートフォンの画面を見せる。こんなことは初めてで、私は少しばかり驚いて娘の手元を覗《のぞ》き込んだ。

「ほら、ね？」

昨日のマルセルの講演後、学会側が記者会見の場を用意し、私を含めてそこに居合わせた共同研究者も同席したのだ。とはいえ衛藤ら会社の若手たちは受付係に駆り出されたので、コンピュータサイエンスの専門家は私ひとりで、他は再生医療と生物情報科学《バイオインフォマティクス》の研究者だった。彼らはミクロシステムとマクロシステムの間を繋《つな》ぐ、いわば〝ミドルワールド〟の挙動を長年解析してきたメンバーである。人間の〝倫理観〟をミドルワールドの物理的挙動に準《なぞら》えて解いたことが今回の研究の主眼でもある。よって学会に来ていた情報科学分野の者たちには、そうした彼らの話も充分に惹《ひ》きつけられる珍しいものだったろう。〈未来を予測する技術　実用化〉と謳《うた》うその記事はマルセルの談話が中心だったが、私たちの姿も画像に写っていた。

「はい、今日の写真」

聡美は記念のつもりかスマートフォンを掲げて私の横に立ち、にっこりと笑顔をつくる。部屋を出て行こうとする娘の後ろ姿に声をかけた。

「聡美」

「なに?」

「いや」そこで詰まった。振り返る娘に、口をついて出た言葉を送った。「記事を見て、どう思った」

「お父さんの仕事しているところとか、一度見てみたいかな」

登校してゆく聡美の耳に白い貝が飾られていた。

仕事場へ向かう途中で聴いたカーラジオでも昨日の発表のことは報じられた。メディアの反応も電子版の論文が掲載されたときとはまるで違う。マルセルの講演のインパクトが、論文の内容を一般市民へ広めたのだ。そのことは講演直後から肌で感じていたし、次々と飛び込んでくるメールのタイトルを眺めただけでもわかった。夕方のニュース番組のいくつかで取り上げられてからは一般の問い合わせが会社の受付メールに殺到していた。まだ距離感が自分のなかでつかめず、それらひとつひとつにきちんと目を通せたわけではないが、マルセルのいう通り未来は変わり、矢印は新たな向きを定めたのかもしれない。

だが次の矢印はすでに私たちの背後から近づいている。サイエンスパークの入口の交点でラジオがさらにニュースを告げた。アメリカとEUで、マルセルの研究アイデアを追撃する研究プロジェクトの始動が発表されたという。想像していた以上に速い動きだ。こちらの研究計画にも影響を与えることは必至だった。

私たちのオフィスは新興工業地区の一角にある。市が貸し出しているインキュベートルームがそれで、大雑把《おおざっぱ》な景観だが窓から見える空は高く、大学を辞《や》めてからの一〇年間でそれなりの愛着も抱けるようになっていた。若手を入れて八名しかいない小さなベンチャー企業だが、設立当初から取締役は私で研究部長は友人の五味だ。その五味はいつものように穏やかな顔で、ニュースなど知らないといった風情で朝のコーヒーを飲んでいた。

「やあ、昨日はお疲れさま」

「どこに行ってたんだ?」

「一日中ここだよ。留守を守る人間も必要だろう。といっても、来た問い合わせに全部『パリ第七大学へ』と伝えるだけだったがね」

いつも早くに着くのは創業メンバーである私たちふたりだ。衛藤のデスクのPCは動いているが本人の姿は見えない。画面には私たちの開発したシステムの窓が開きっ放しになっており、グラフが刻々と上書きされている。人々の倫理観の変化をモニタするにはさまざまな情報素材が必要だが、企業コンサルティングの仕事を続けてきた蓄積がいまこうして活《い》きている。

マルセルが昨日の講演で示した、矢印がぐいと大きく曲がるあのイメージ――メタファ、、、ー――が頭にこびりついて離れない。グラフはメディア報道が一気に増えた昨夕から急激な躍動を見せ、そのうねりはほとんど深夜までのうちに不可逆の領域まで達し、一夜明けた今朝《けさ》には明らかに〝シフト〟と呼ばれる変異へと組み換えが進みつつあった。ちょうどインフルエンザウイルスが何年かに一度、他のウイルスとの交雑で抗原そのものが入れ替わり、無垢《むく》な人々の間に新型ウイルスが広まってゆくように、人間の倫理観も突発的な刺激によって劇的に変化し、拡散してゆく。その歴史的なシフトが一夜のうちに起こったのだ。

「すまないが、予定通り、明日から休みを取らせてもらうよ。論文の掲載がこの時期にぶつかるとは思わなかったんだ」

五味は眉《まゆ》を下げて本当にすまないといった顔をする。彼の唯一の趣味は乗馬だった。海外の牧場で自然を満喫するのだろう。一年に一度の家族旅行を欠かさなかった。

「きみにとっては大変な一週間になるかもしれないな」

五味はそういって私を見つめる。同い年なのにいつも彼のことは年上に思えていた。ふつうならそれなりに勤めて資産を貯《た》めてから第二の人生を歩き出すものだが、三〇代初めだったあのころの私は、第一の人生さえ描けずにいた。彼がいなければ起業しなかっただろう。だが未来予測といういまの仕事は、ひょっとしたら当時からふたりの心にあったかもしれない。

「本当にひとりで大丈夫かい」

「ああ」

と私は応じた。五味は私の心を探っていたが、やがていった。

「ぼくは今回の仕事でひと段落ついた気がするよ。戻ったらちょっと別のことを始めてみたいんだが、許してくれるかい」

「ああ、もちろん」

「聡美さんには、一週間後に会えるのかな」

「会えるよ」

「きみは――本当に大丈夫だな?」

本当に、と五味からいわれたそのとき、不意に大学院時代の恩師の言葉が心に蘇《よみがえ》った。

――その教授は若いころにスタンフォード大学へ留学していたそうだが、そこに各国の文学作品を講義やセミナーの途中で頻繁に引用しては理工系の学生を煙に巻く名物教授がいたのだという。

たとえばこんな言葉だ――〝人間の罪はふたつある。性急と怠惰《たいだ》だ。性急によって人間は楽園を失い、怠惰によって帰らない〟――人間社会をよりよくすることが目標である若き学生たちにとって、その箴言《しんげん》の真意は計りかねた。そこで名物教授はいったのだという。ときにきみたちのなかには、性急さとは人間にとって罪だけでなく、与えられた罰でもあるのではないか、と思う者もいるだろう。むろんその通りだ、しかしきみたちの目指す技術というものは、その罪に対して、人間に与えられた唯一の、根気のいる贖罪《しょくざい》の道かもしれないのだよ。煉獄《プルガトリオ》の道程は、うんざりするほど長くて入り組んでいるが、これを辿る以外に救済はないのだろうよ、と――。

弟子筋の間でとりわけ語り継がれている言葉さ、意味の難しさにおいてね、と恩師はいったのだ。

そのことが頭を過ぎった。――私のおこないは罪だろうか、罰だろうか。自分は性急だろうか、それとも怠惰だろうか。私は本当に大丈夫なのか。

私は五味を見つめ返して答える。

「一〇年前から決めていたことさ」

「わかった」と五味は応じた。

そのとき、衛藤が別階のサーバ室から血相を変えてオフィスに戻ってきた。

「これ、見てください」

衛藤がスマートフォンを突きつける。そして有無をいわせぬ態度で近くのモニタにケーブルテレビの画面を表示させた。FOXニュースが現場からの中継を続けていた。

未来がわかるというのならおれの未来を当ててみろ、そう喚《わめ》き散らす三〇代の男性が、シアトルのショッピングセンターで銃を乱射し六〇名以上の命を奪った。そしてベビーカーに置き去りにされていた無関係な乳児を抱え、吹き抜けのホールから身を投げた。

ああ、子供の身体《からだ》は温かいなと、最後に男は歌うように喜び叫んで死んだ。


過去と同じように、未来もまた〝メタファー〟でできている。過去のメタファーが私たちのなかに共通してあるように、未来のそれも、また人の心にあるのだ。

レイ・ブラッドベリというアメリカの作家が、一年前の初夏に九一歳の生涯を終えた。訃報に接したときは自宅の書棚から古い文庫本を出して机に並べた。『火星年代記』も『華氏451度』も『太陽の黄金《きん》の林檎《りんご》』も一〇代のころの愛読書で、描かれた火星の家や、なぜか恐ろしげな回転木馬さえもがすでに、私だけでなく人々の記憶に刻まれたメタファーだった。

ブラッドベリ独自の概念であるメタファーについて、うまく説明するのは難しい。科学者は新しく発見した事象に名前を与えて万人の共通理解を助ける。名前がくっきりと世界を捉《とら》え、人のまなざしと事象を結びつける。

だがブラッドベリが語るそれは、誰もが記憶を呼び覚まされるものでありながら、名を知った瞬間に永遠の抽象となり、決して届かない切なさとなる。そして過去がどうあってもてのひらで掬《すく》えないのと同様、ブラッドベリの描く未来もまた、科学の用語ではなくメタファーだったと気づいた。

ブラッドベリは長いこと車や飛行機に乗ることを避け、科学技術嫌いのSF作家と呼ばれた。一方で未来の技術を的確に予言したと称賛を受けている。だが彼は未来を予言したのではなく、過去と同じように未来のメタファーを描いたのだろう。彼が少年期を過ごしたイリノイ州の夏が『たんぽぽのお酒』で描かれたとき、あの白いテニスシューズの眩《まぶ》しさや、草の上で空気の匂いを嗅《か》ぎながら食べるサンドイッチの美味《おい》しさや、ふしぎな発明品の数々や、暗闇から忍び寄る《孤独の人》が、日本に生まれ育った私たちに郷愁を掻《か》き立てたように、彼はすなわち彼のいう自分の神話時代、根っこの部分に戻るが如《ごと》くに、心に降り積もる記憶の魔法で、ロケットや宇宙を描いたのだ。

誰もが憶《おぼ》えているだろう。私もたくさんのメタファーで育った。子供のころ夏になると母方の祖父の住む古いアパートに親戚《しんせき》一同集まり、私は打ち上げ花火をその窓越しに見つめた。六畳間の中央にローテーブルが置かれ、その上には出前寿司《ずし》の桶《おけ》が並び、大人たちはビールで顔を赤くして、祖父は私のいたずらをときに怖い顔で怒った。

夏休みには祖父の家に何度も行った。バスを乗り継いで、商店街の横道を抜けた。戦後すぐに建てられたであろうそのアパートの向かいには公園があり、週末の昼下がりには紙芝居屋のおじさんが来た。

あの時代でさえすでに珍しかっただろう。拍子木《ひょうしぎ》の音が聞こえると、私は祖父の部屋から飛び出していた。私だけでなく、その集合住宅に暮らす子供たちが、あちこちから馳《は》せ参じてくるのだった。私は彼らの名前も学年も知らなかった。通う小学校がどこにあるのかも聞かなかった。しかし私たちはともに集まり、手前の者は腰を屈《かが》め、後方の者はつま先立ちをして、買い求めた駄菓子を口に運びながら往年のヒーロー、黄金バットの活躍を見つめた。

時代を超越した記憶はいくつもある。かつて故郷の近くの町にサーカスがやってきた。ふだんは野球のグラウンドがいくつも取れる広場に大きなテントが立って、敷地の周りも見世物小屋がぐるりと囲んだ。

猛獣使いに空中ブランコ、籠《かご》のなかを疾走《しっそう》するオートバイ乗り。テレビや雑誌で何度も見ていたし、怪人二十面相と知恵比べをする少年探偵団の活躍を読んでいても、そうした世界が本当に自分の近くまでやってくる現実に、あのころの私は胸の高鳴りを抑え切れなかった。

その日が曇天《どんてん》だったことまで憶えている。サーカスが始まるまでには少し時間があり、私は親に小遣いをねだって、蠟《ろう》人形の見世物小屋に入ったのだ。軒下《のきした》にはディズニーの白雪姫の一場面がパノラマとして設置され、彼らの笑顔はアニメと同じく屈託《くったく》がなかった。だからひとり入口を潜《くぐ》って足を踏み入れた私は、歩を進めるごとに現れる凄惨《せいさん》な光景におののいたのだ。

かつて新聞が錦絵《にしきえ》で煽《あお》ってみせた、男女の痴情《ちじょう》の現場が再現されていた。女は乱れた着物から太ももや乳房を顕《あら》わにして、赤く生々しい血を流し、ときには肉体を切断されていた。男は歯を剝《む》き出しにして斧《おの》や鎌《かま》を構え、全身に返り血を浴びていた。

衛生博覧会の資料とおぼしきものもあった。双頭の雄牛《おうし》が身動きせずに佇《たたず》み、通路脇《わき》には性病の標本もあった。私は声を出せなかった。だが出口まで走り抜けることもできなかった。親は小屋の外で待っており、私がメルヘンの世界を堪能《たんのう》しているといると信じていたはずだ。ついに最後まで辿《たど》り着き、黒幕の向こうに解放されたとき、私は白雪姫と七人のこびとを見つめ、動かない彼らのなまめかしさに震えた。

私は興行主に耳元で囁《ささや》かれることはなかった。私だけが特別にサーカスの舞台裏へと導かれ、奇術師から世界の秘密を伝えられることもなかった。それでも私の記憶はまるで永遠のようだ。ブラッドベリが幸運にも少年期に出会ったミスター・エレクトリコの言葉のように、私たちは〝永遠に生き〟る。そうした記憶はあまりに鮮烈で、あたかも物語の一部に思える。いつか書き留められることを求めた過去が、記憶にメタファーを忍び込ませたかのように感じるのだ。

私はブラッドベリの秘密を知った気がする。彼の書物はいつでも無数の記憶に彩《いろど》られ、それらの場面は記憶の起伏が織りなす水面の輝きだった。一瞬ごとの目映《まばゆ》さはそれ自体がメタファーであるが、しかし互いは一本の線として繋がらない。だからブラッドベリの夏は数え切れないほどの驚異に満ちながら、あるとき不意に終わりを告げる。時間の経過は存在せず、ただ唐突に八月の終わりがやってくる。なぜならきらきらと陽射《ひざ》しを跳ね返す川の流れはいつでも、メタファーとして永遠に生きるからだ。よって彼がメタファーをつかみ取れなくなった後年の短篇たちは、彼自身の過去の記憶であっても私たちの切なさと重ならない。彼の記憶は彼のなかだけで閉じてしまい、光の反射は永遠とならない。蟬《せみ》の抜け殻《がら》のような断片だけが、残暑の木陰《こかげ》に転がっている。

切ない、懐《なつ》かしいといった私たちの情動は、いま現時点でのおのれとの関係性で起《た》ち現れる。記憶が現在の自分と連続しなくなったとき、人はその記憶を遠いものと感じる。たとえば五味と起業してからの一〇年間はいまの私と連続しているが、大学勤めだったそれ以前の想い出はもはや私と途切《とぎ》れて懐かしさへと変わっている。

メタファーに時間の経過が存在しないのと対照的だ。ブラッドベリのメタファーは、その定義ゆえに時間を弾《はじ》く。まるであのころ日焼けした肌が、冷たい水を跳ね返していたように。

では未来はどうだろう。過去を懐かしいと思うなら、未来もまた同じ構造で懐かしさや切なさを掻《か》き立てるのかもしれない。明日や明後日《あさって》の自分とは繫がっても、手の届かない未来ははるかな過去と同じように感じるほかない。ブラッドベリは科学から離れてそのことを私たちに教えてくれた。

だがそこから先に何があるだろう。私たちは何を見つけ出せるだろう。そんな私たちに未来を予測する技術は可能だろうか、ミドルワールドというのりしろの役目を解き明かすことで？　その心は性急か、それとも怠惰か？

私が初めて会話を交わしたマルセルに伝えたのはそのことだった。懇親会の会場でもどこか上の空だった彼は、話を聞くなり肩をつかみ、著名大学の教授でもない私に対し、その場で共同研究を申し入れてきた。

「きみは何を企んでいる？」

彼はあくまでも穏やかな目で、しかし新たな標的を定めた共犯者の口調でいった。最初ブルーに思えた彼の瞳《ひとみ》は、間近で見ると紫だった。私が応《こた》えると、彼はもうひとつ問いを発してその場を去った。

「きみも考えてくれないか。過去や未来が繫がらず、一方でメタファーが永遠なのだとしたら、いまとはいったい何だろうか？」

3

最初に動いたのは世界的な反原発推進団体だった。彼らは私たちの論文発表から六日後、マルセルの講演からわずか二日後に声明文を発表した。今後は支援者から資金を募り、自前のスーパーコンピュータを構築して独自分析をおこない、反原発活動がもっとも効果的に社会を改変できるよう不断の努力をおこなう、その成果が現れるのは遅くとも一年半後であると宣言したのだ。

彼らは声明文で予言した。人々が反原発の倫理観に雪崩《なだれ》を打って転向してゆく未来は実現可能である。もっとも適切な時期にもっとも適切な鉄鎚《てっつい》を社会に打ち込む、それも一度ではなく大小さまざまな刺激を連続的に、世界を追い立てるように。未来が予測できるならばそれは可能な操作であり、私たちはなんら倫理的な批判を被《こうむ》ることなく、正当かつ高潔に人々を脱原発社会へ導くことができるのだと。

翌日には死刑制度廃絶を願う団体がそれに続いた。中絶禁止を訴える市民団体が名乗りを上げた。世界は過熱していった。子供のいじめや暴力問題に取り組む過激な組織が、加害者とそのすべての関係者に完全なる制裁を与えるべく社会倫理の操作を実行するとインターネット上で宣告し、警察が動き出す事態へと至った。

自分の未来をなぜ教えてくれないのかと訴える患者が各都市の病院に殺到し、その混乱で重軽傷を負う医療従事者も現れた。なぜ未来を教えてくれない、未来がわからないのなら諦《あきら》めもつくが、科学が魔法を使えるとわかったのに真実を隠すのはなぜなのだと叫び、窓口との押し問答の挙げ句に絶望して、ある婦人は病院の屋上から飛び降りた。

これが未来を透視できる素晴らしき二一世紀の現実だ。この来たるべき完全なる時代の回答だ。コメンテーターが訳知り顔にテレビで発言を繰り返す。そうした誤解も混乱もすべて、シミュレーションは無数の矢印へと置換してゆく。

人は何を願う？　どこまで欲望を膨《ふく》らませる？

未来の動向が科学によってシミュレートできるなら、人は自分好みの刺激を社会に与え、思い通りの未来に導こうとする。倫理のうねりが辿《たど》れるなら、人は批判をかわして世界を先導する術《すべ》を手に入れる。そうした行為自体さえ倫理的であることが、科学によって担保され得る。

もっとも有効な鉄鎚はどこにある？　いつ社会に打ち込めばよい？　未来を思いのままにつくりたいという欲望は、それ自体のシミュレーションによって、どこまでフィードバックすることができる？

脳が自分を認識する自意識のシステムを産み出したように、私たちのシミュレーションは倫理の自意識を産み出すだろう。それは社会知能に何をもたらす？　その先を見た者は誰もいない。その魔物を放つことは倫理的に正しいといえるか？

倫理は理性だけでは手懐《てなず》けられない。マルセルの講演後三日目から、私たちのもとには凄《すさ》まじい数のメールや郵送物が届くようになっていた。マルセル・ジェランを筆頭に、研究プロジェクトに関わったほとんどの者が過去のウェブ上の発言を掘り返され、顔写真やプライベートな情報まで含めて勝手に掲示されていった。わずかでも倫理にもとる発言が見つかった場合には、前後の脈絡も無関係に引用され、その言葉はソーシャルネットワーキングサービスを通じて爆発的に広まっていった。研究メンバーのなかでも再生医療に直接関わる者たちには、彼らが所属する病院や医師会からの突き上げが起こった。彼らは悲鳴のようなメールを送ってきた。私のもとにさえ、殺人者、レイシスト、女性差別主義者、全体主義者、それらの誹謗の言葉が分単位で届いていた。

こうした状況が一時的にやってくることを、私たちは予想していた。私と五味は論文投稿の一週間前に、そのシミュレーションを密《ひそ》かに実行したのだ。

だがたとえ予測できても、おのれの精神と身体が解放されるわけではない。屈しはしない、最後まで耐え切れる、そう信じていた私は、予測に反して四日目に吐いた。

世界の宗教は沈黙を保ち、五日目になって国際的なテロ集団がマルセル・ジェランにコンタクトを求める声明を発表した。二一世紀の革命に不可欠な科学技術であるとの、最大級の讃辞《さんじ》だった。

公共施設や繁華街における自爆テロ行為——以前に用意した予測メモの、上から五番目の項目だ。

「こんなメモまでつくっておきながら、自分は無関係だっていうんですか？」

衛藤が激高するのを私は久しぶりに見た。他の若手たちは何もいえずにいる。だが五味が休暇を取らずこの場にいたなら、衛藤もここまで感情を顕《あら》わにはしなかっただろう。五味には人を落ち着かせる人徳がある。

「いま論文が人を殺しているんです。それも何の関係もない人たちを巻き添えにして。それなのに何もしないでただ黙っているなんて！」

衛藤と初めて顔を合わせたときのことはよく憶《おぼ》えている。私たちは面接にやってきた学生たち全員に、あなたの考える未来を語ってくださいと問いかけていた。

学生たちが語るのは、自分のキャリアパスの夢だった。何名か同じ状況が続き、だから衛藤が同様に語り始めたとき私はいった。

「いまきみが語っているのは、きみ自身の将来のことだろう。私が尋ねているのは、きみの考える未来だ。きみ自身の明日に繋《つな》がる将来ではなくて、きみが生きてゆくこの社会がどうなるか、この世界がどう変わってゆくか、そうした未来を聞きたいんだ。将来と未来は違う、わかるね？」

あのとき衛藤は呆気《あっけ》に取られたような表情を浮かべて、しばらく言葉を発しなかった。不安になって声をかけたとき、突然彼女は立ち上がっていった。

「わかりました。そうか、そうですね、将来と未来は違う！　人は将来のことを考えられるけれど、未来を考えるのは難しい」

彼女は必死で頭を働かせ始めた。顔をしかめ、指先をこめかみに当て、視線を彷徨《さまよ》わせた。唇を開き、手を動かし、懸命に言葉を絞《しぼ》り出そうとする。私と五味は彼女を待った。

彼女はホワイトボードを借りますと宣言してその前に立ち、やがて一気に項目を記していった。彼女はいくつかの学生コンテストに入選し、学会でも若手の優秀講演賞に選ばれていた。大学でも将来を嘱望《しょくぼう》されていたはずだ。しかし彼女は学術社会に何の未練もなかったらしく、地元のベンチャーを選んで就職活動をしていた。私たちのもとにはそうした学生がやってくる。彼女が項目を書き終えるころには、私も五味も採用を決めていた。

「――科学者は何もできない」

私は衛藤に向き合っていった。「科学者は倫理さえ持つことができない、彼が自由な科学者である以上は。科学者とはそのように社会から宿命づけられた存在だ。研究以外のことは何もせずに暮らしていいと、社会から特別待遇を受けた存在だ。どんなに社会が混乱しようと、彼らは何もできないのだ」

「市川さん、あなたには失望しました」

衛藤は冷ややかな目つきでいった。その反応も私には予期できた。

彼女はときおり前触れもなく感情を吐露《とろ》することがある。かつて私が出席したシンポジウムで、パネリストのひとりである医師がサイボーグ技術の是非をフロアから問われ、科学者である自分は皆さんに考えるきっかけを与えているだけです、と答えたことがある。衛藤はその場で立ち上がり、マイクも使わず会場中に響く声でいい放った。あなたは科学者である前に人間ではないのか。人間ならまずあなたが考えたらどうか、まずあなたが市民の手本として、考えるきっかけをつかんだらどうか。あなたの発言は科学者の謙虚さを示しているつもりかもしれないが、実際は責任回避の方便に過ぎない。私はその場でパネルを終了させ、衛藤の腕を引っ張って会場から退散した。だが帰りの道で大笑いをし、会社で祝杯を挙げたものだった。

「いま社会は混乱状態かもしれない。だがグラフを見ろ、落ち着くときが遠からず来る」

私はいった。論文投稿前に五味と充分に話し合い、ふたりで決めたことだった。今後、何があっても態度を揺るがせたりはしない。毅然《きぜん》と科学者であり続ける。これが私たちの答だった。

「影響は最小限に抑えられる。そのための努力は惜しんではいけない」

「病院から飛び降りて死んだのは、私の小学校時代の恩師でした」

衛藤の目から涙が溢《あふ》れて落ちた。拭《ぬぐ》うこともせず、彼女は俯《うつむ》いて私の脇を通り過ぎた。

「私ならマルセル・ジェランを殺してやる」

そして自分の荷物をつかむとオフィスを出て行った。


珍しく早めにダイニングへやってきた聡美は元気がなかった。

黙々と支度《したく》を進める娘は、どこか臆病《おくびょう》になっている。私の方に視線を送ることを、神経質に避けていた。

報道を見ているのだ。あの研究が世界にどのような波紋を投げかけたのか、それを知って困惑している。あと一日だというのに。

「聡美は、おばあちゃんの家に遊びに行ったときのことを憶えてるか」

「うん、何度も行ったじゃない」

「いつだったかな、おまえとふたりで、電車に乗って行った」

聡美は立ったまま、小首を傾《かし》げて遠くに視線を向ける。私はその仕草《しぐさ》を黙って見守った。

明後日《あさって》の方角とはうまく名づけたものだ、人は生まれ育った社会の文化や習慣を問わず、古い記憶を辿るときこのように視線を彷徨《さまよ》わせる。

「うん、思い出した。いつもお父さんの車だったけど、あのときは特別だったのよね」

聡美は明後日を探ったまま頷《うなず》いてみせる。

「いつの夏休みだっけ、鈍行列車に乗っておばあちゃんのところまで行ったの。すごく緑がきれいだった」

　そしてようやく私の方を向いて声を強めた。

「そうだ、窓を開けて、手を伸ばした。木の枝を触りたくて、本当に触れるくらい枝が近くて、風の匂いが気持ちよかった。山沿いの路線で、遠くに海も見えたでしょう。そうそう、それにね！　あのときふしぎだったのを憶えてる。どこかの小さな駅に着いたとき、お父さんはへんなことをいったでしょ。ここで降りたいか、もっと乗っていたいかって。それで、お父さんは聞いてくれて、そこからもっと電車に乗って行った」

　私は聡美が次々と記憶を辿るのを聞いていた。その表情は明るくなってゆく。だが私に娘の語る記憶はなかった。

「どうしてあんなことができたのか、ずっとふしぎに思ってた。でもはっきり憶えているよ。これって私の思い違い？　あのときお父さんは魔法使いみたいだった」

　聞いているうち、やがて私のなかで、その記憶が本物となってゆくように思えた。忘れているのは自分の方かもしれない。聡美にはまだ手の届くその記憶から、私の心が遠ざかっていただけかもしれない。わずかな時間、私はそんな錯覚に溺《おぼ》れそうになった。

「もうこんな時間！　行かなきゃ」

　聡美は白い壁時計を見て声を上げる。急いで私の側《そば》まで回り込み、ポーズをつくった。唇を突き出して、右手を顔に添えた。

「明日は話したいことがあるんだ。学校へ行く前に、少しだけ時間をくれないか」

「わかった」

「聡美」

私は咄嗟《とっさ》に、自分でも予期しない言葉を発していた。

「もし父さんがいなくなったら、聡美は寂しいか」

「どうしたの、急に」

娘が私を真顔で見つめた。

「――いや、すまない。忘れてくれ」

「たまには休んで、お父さん」

殊勝な台詞《せりふ》を残して、聡美は行った。

欧州で活動する過激派集団がマルセル・ジェランの暗殺を宣告した。マリー・ドゥメールのコンサートが中止され、マルセルの勤務するパリ第七大学に厳戒態勢が敷かれた。

矢印の群が動き始めた。

4

聡美は鞄《かばん》を置いて、ダイニングテーブルの向かい側に座った。

「そこにあるものを取って、自分の前に置いてほしい」

ダイニングテーブルの脇《わき》に用意したクレヨン箱とスケッチブックを指す。聡美は怪訝《けげん》な表情を浮かべ、しかし古びたクレヨン箱を手に取り、やがて思い出したようだった。

パッケージのあちこちにも落書きが残っている。聡美はそれを指でなぞり、中身を引き出して不揃《ふぞろ》いのクレヨンたちを見つめた。短いものや長いもの、砕けて半分なくなったもの、ひとつとして同じものはない。巻かれた紙はどれも油を吸ってぼろぼろだが、それでも当時の面影《おもかげ》は残り、箱のなかで虹《にじ》をつくっている。聡美の好きだった空色はふたつに折れて、どの先端も使い込まれて丸まっている。

「これは、私の？　ずっと取っておいてくれたの？」

壁の落書きと見比べて目を丸くする聡美に、私はいった。

「きみの思う未来を描いてくれないか」

「未来？」

「そうだ。きみが望む未来を、自由に」

聡美はスケッチブックの表紙をめくる。まっさらな画用紙が彼女の前に広がる。空のようだと娘が感じてくれることを望んでいた。

やがて聡美は両耳のイヤホンを外して脇へ置いた。白い貝殻《かいがら》はテーブルの上で標本となった。朝日が私の後ろの窓から射し込み、穏やかな光が波となって攫《さら》おうとする。だが潮《しお》が砂を洗ってゆく代わりに、私は貝からかすかな歌声を聞いた。淡く弾《はじ》けるその音は、線香花火の柳《やなぎ》の光にも似ていた。

「その曲を、聴かせてくれないか」

聡美は制服の胸ポケットからスマートフォンを取り出し、トランスミッターを抜いた。それはライヴ音源のようだ。若い女性グループが未来を歌っている。

「Wonderful World」

聡美は曲名を告げ、そしてちびたクレヨンを手に取った。そして静かに地平線を引いた。私は聡美の手元から溢《あふ》れ出す未来を見つめていた。クレヨンの先は何度も画用紙の上を駆《か》け、持ち替えるたびにいくつもの色が咲いてゆく。聡美は画用紙いっぱいに、大きく夢を描いていった。それは、初めて目《ま》の当たりにする聡美の夢だった。大人は夢を描けと軽々しくいう。夢という言葉の重みは、絵に描こうとして初めてわかる。聡美は歌に自分を乗せて手を動かしているのだ。この一〇年が詰まった聡美の未来。それがいまを生きる少女たちの伸びやかな歌声に乗って、私の前に現れてゆく。

気も散らさず絵に取り組む聡美に、不意に私は矢継《やつ》ぎ早《ばや》に声をかけたくなった。この一〇年間できみは恋をしたか。いまきみにはどんな友だちがいる。母さんのことをどれだけ憶《おぼ》えている？　黒髪を垂《た》らして絵を描き続ける娘に、私はいまの気持ちを訴えたい衝動に駆られた。もっときみに訊《き》きたいことはたくさんある。こうした問いをずっときみにぶつけたかったのだと。

大好きなJポップやアイドルの歌から、きみはどんな未来を思い描き、どんな未来を求めてきただろう。いつでもきみの愛する歌手たちは、勇気を持てば未来が変わると歌ってきた。きみに薦《すす》められた歌をいくつも聴いた。だから私は知っている、私たちのころよりずっと、きみの世代は未来とともにあったことを。

この空はどこまでも続いている　地平線追いかけてゆこうよMy friends　希望を強く持てば　未来が変わる
スマートフォンのなかから溢れる歌声は、やがてライヴ会場の観衆たちを煽《あお》り、ともに声を出そうと呼びかける。歌詞をほんの少しだけ先に出し、手振りで観客の心を掻《か》き立て、彼らの腹から歌を引き出す。

私はきみに教わった。きみたちの歌がメタファーであることを。歌は真夏の水面に映る太陽のように、好奇心で覗《のぞ》き込むきみの瞳《ひとみ》を目映《まばゆ》く照らす。だがその一瞬一瞬は独立した、夏の記憶の断片なのだ。歌はそれ自体では時間を持たない、永遠に生きるメタファーに過ぎない。しかしきみたちはただひとつではなく、たくさんの歌を知っている。きらきらと輝く水面はきみの想い出のなかに無数にあり、光は手を伸ばしても水が揺れてつかめないが、きみの手には水の冷たいせせらぎがある。

そして何より歌を聴いて育つきみは、時間のなかを生きている。その関係性こそが鍵《かぎ》なのかもしれない。きみの一〇年のライフログには、その手がかりが刻まれているかもしれない。

きみの夢を叶えよう。私がきみの夢をこの社会に実装しよう。きみから未来をつくるのだ。それが父さんのいちばん大切な仕事だ。いつかきっとその姿をきみに見せよう。いつかそこへ至ったとき、時間はきっと一篇の物語となる。

描き終えて曲を止め、クレヨンを箱に戻した聡美は、何も説明せずにただくすぐったそうな顔を見せた。

「いい絵だ。ありがとう」

「もうこんな時間！　早く行かないと」

聡美は我に返り、壁の白い時計を見上げて叫ぶ。

スケッチブックを閉じてテーブルの脇に立てかける。髪を整え、私のもとへ駆け寄ると、腰を屈《かが》めてピースサインをつくった。

いつからだろう。いつから娘は写真を撮《と》るとき身を屈めて顔の高さを揃えるようになったのか。

その時間の積み重なりは、きみの未来を育《はぐく》んだだろうか。

「行ってきます！　帰りはちょっと遅くなるかも」

鞄を手に飛び出していこうとした聡美は、あっと声を上げて振り返り、テーブル上のイヤホンやスマートフォンに手を伸ばした。

「行ってきます！」

未来をつかんで、聡美は走っていった。


私は誰もいなくなった廊下を見つめた。声の余韻が私の耳に残り、やがて合成音とともに、ダイニングテーブルの上に文字が浮かび上がった。

〈プログラムを終了しますか？〉

「ああ」と私は廊下に目を向けたまま応《こた》える。

〈本当に終了しますか？〉

コンピュータが最終確認を促す。私は目を瞑《つむ》って俯《うつむ》いた。

「終了する」

〈〝市川聡美〟の成長コミュニケーションプログラムを終了しました〉

歯を食いしばった。一〇年という期間は最初から決めていたことだ。この日が来ることは運命よりも明らかであり、私はこの未来を予測して一〇年間を生きてきた。

聡美と暮らすことは二度とないだろう。だが何ということだ、私はこの一〇年間、この日の向こう側をずっと考えてきた。ここから始まる未来を想像しようと努力してきた。五味も、衛藤や会社の若手たちも、私が毎朝このプログラムと対話していることは知っていただろう。彼らは何もいわずに気遣《きづか》ってくれた。一〇年のデータを積み重ねることで、私自身も変わると信じていた。それなのにこの私はどうだ、明日の自分を描けずにいるではないか。

私は変わったのだろうか？　私はここから先へと歩いて行けるだろうか？　歩いて行くための勇気は、一〇年の間に取り戻せたのか？　しょせんは認知の限界に突き当たる、ひとりの人間に過ぎなかったのではないか？

そのとき、突然携帯電話が鳴った。

手に取って時刻と相手の番号を確認する。携帯電話の表示はほぼ午前七時半を示していたが、私は無意識のうちに壁の時計にも目を向けていた。そちらは七時三六分になろうとしており、無音の秒針は数字の一〇の位置を滑ってゆくところだった。

「憶《おぼ》えているかい」と相手は英語でいった。「招待講演の日の朝、きみが電話をかけてきたのがちょうどこの時間だったよ」

「マルセル、どこにいる。大丈夫なのか。きみの暗殺を宣言した集団がいるんだぞ」

「私は死なないよ。たとえ死んでも、倫理が揺さぶられてどこかへ墜落《ついらく》することはない。それより、きみのことが気になったんだ。プログラムはいま終わったところじゃないのか」

私は後に知ることになる。壁の時計が進んでいた五分五三秒は、偶然にも聡美が最後に流した一曲の長さと同じだった。

自分と娘がいままで〝未来〟にいたことに、私は電話を耳に当てながら気づいた。

私は答を見つけたように感じ、思わず声を上げていた。

「マルセル、まさかきみは周墾《ズウ・ケン》と何か取引をしたのか、私たちに何もいわずに？　グラフの結果が――」

「誤解しないでくれ、私は何も取引はしていない。未来の道筋が定まったということなんだろう」

「きみに――こんな思いやりの心があるとは知らなかった」

彼は通信機の向こうで、ふだん通りの声でいった。

「いずれコンピュータにもできるようになるさ」


会社に行くと五味が自分のデスクでメールを処理しながらコーヒーを飲んでいた。

衛藤は出勤しているようだが姿はない。私はバックアップ用のハードディスクを五味に手渡した。それは片手で軽く持てる程度の大きさに過ぎない。旅行から戻ってきた五味は私の顔を見上げ、こちらの心を静かに見通し、そしてハードディスクを受け取った。

「発表の日はきみが留守を預かってくれたからな。この一週間はぼくが留守番をしたよ」

「ありがとう。これが聡美さんのすべてか」

「一〇年間のすべてだ」

「きみは、見ないんだな」

「聡美は未来をぼくに残してくれた。それで充分だよ。解析はきみたちに任せる。そのときが来たら、きみに頼むさ」

そのとき、衛藤がわずかに顔を紅潮させながらオフィスに入ってきた。

「五味さん、結果が……」

「映してくれ」

衛藤は動揺しているのか、その場に立ちすくんだままだ。その目は喜びに溢れて潤《うる》んでいる。何があったのかわからない。私が代わりにリモコンを操作していちばん大きな液晶モニタを起《た》ち上げると、そこにいくつもの矢印が浮かび上がった。

五味がモニタを見つめる。めったに感情を見せない彼が、小さく息を呑んだ。

「休暇の前にひとつ仕込んでおいたシミュレーションがあった。衛藤くんに後を頼んでおいたんだが……」

「震災後の未来です」

衛藤は涙ぐむ自分の顔を両手で拭《ぬぐ》いながらいった。「現地の人たち、原発から逃げた人たち、都心で停電に遭《あ》った人、関西から向こう、それにたくさんの海外の人たちも——被災地への思いやりの変遷《へんせん》——これが、この二年間の私たちと、これからの私たちの〝倫理〟です」

無数の色彩の矢印が、大嵐のように揺れている。互いにぶつかり、行く手を阻《はば》み、そして怪物のように肥大化したかと思うと消えてゆく。それぞれの色は互いに明後日《あさって》の方角を向き、束《たば》ねられた矢は決して中央を向かず、ときには他の色彩を強引に呑み込んで従えようとする。やがてほとんどすべての矢印が勢いを失い、無関心になりはて、意図的に目指す道を忘れようとして、モニタ全体が色褪《いろあ》せてゆく。すべては混乱していた。どれもが押し流されていた。生命力を欠き、躍動を忘れ、突発的な刺激は脆《もろ》くもすぐさま全体に波及しながら、その波は急速に消えてゆく。

その繰り返しのなかから、私は新しい動きが起ち上がってくるのを見た。最初のうちそれは気づかないほどの淡い色で、互いに連結もせず、少し震えては凪《な》いでいった。だがゆっくりと脈動が取り戻されてゆく。少しずつ、しかし確かに、ざわついた無数の矢印たちの底から、何かが取り戻されてゆく。

私は声を上げた。一瞬、画面全体が激しく乱れたのだ。それが私たちの論文の影響だとわかったとき、私はその大きな混沌《こんとん》が、それまで棘《とげ》のように動き回っていた無数の色彩の矢印だけでなく、静かに起ち上がっていた光たちを、一気に揺さぶるのを見たのだった。篩《ふるい》にかけるかのように大きく、活を入れるかのように強く。回避しようのないインパクトがすべての光たちを変えた。

その直後、光たちが動き始めた。まだひとつにはまとまりはしない。まだ大きなうねりには至らない。だが私にもその先の未来が見えた。それは新しい命が生まれる瞬間のようだった。

未来が生まれる瞬間だった。

5

「私はここに、世界連邦政府樹立へ向けての準備委員会を設置することを、喜びとともに皆さまにお伝えします。これは私たち人類が次の時代を拓《ひら》く大きな一歩となることでしょう」

前日に周墾《ズウ・ケン》がインターネットで声明を発表した。彼の生まれ故郷である成都《せいと》からの中継だった。

「私たちが開発したスーパーコンピュータ《大地》による予測は、気候変動や経済対策だけに留まるものではありません。私たちひとりひとりの生活が未来とどのように繋《つな》がるのか、《大地》はまさにその問いに答えることになるでしょう。もはや蓄積されるデータはあなたが毎年受け取る検診結果だけではない。あなたの携帯電話の履歴だけでもない。あなたの信念、あなたの期待、あなたの望み、あなたの思いやりと、それらすべてを超えたあなた自身の理性、それらが《大地》によって、未来へと手渡されるのです。病気の予後を診断するように、あなたの信念の予後がこれからは導かれるでしょう。よって人はこれから考えながら生きることになるのです。すなわち、自分はどのような未来へと進みたいのか？　人類は初めて未来の考え方を、自らの手で鍛錬《たんれん》できるようになったのです。人類は有史以来、初めて一〇〇年の単位で想像の翼を広げられる時代へと突入したのです」

四川《しせん》大地震から復興した都市は真新しく、画面に映り込む光景は、時がリセットされたかのようだった。そうした視界を周塋は選び取ったかもしれない。その行為さえメッセージとして世界に伝えられ、過去は写真帳に収められた。

周塋は淡々とスピーチを続けた。後にその映像は世界中で繰り返し視聴されることになる。未来を方向づけた記念碑的な行為だったと称賛されることになる。だがこのとき人々はまだ、その来たるべき未来を理解できていなかった。おのれが大地を動かすひとりになることなど知らず、疑問や恐れさえ混じった不安定な気持ちで彼の英語を聞いていた。

「多くの、無数の人々の手によって、この世界は絶えずつくり変えられてゆきます。それらのパワーは最初のうち、隣の矢印のことなど知らずに突き進むでしょう。やがて彼らは影響し合い、離れ、結ばれ、融合して、矢印たちは新陳代謝《しんちんたいしゃ》を繰り返しながら、未来へと進んでゆくのです。いま人類は〝倫理〟という名の矢印を見出しました。しかし他にも多くの矢印が、この世界にあるに違いありません。私たちの目にはまだ見えない矢印たちがあり、それらもまた互いにせめぎ合っているのです。いずれ私たちはそれらすべての矢印を見出すでしょう。それらすべてをひとつの画面に重ね、そこから起《た》ち上がってくる何かを見るのです。《大地》ではまだ足りない、今後数十年間の不断の努力によって、いつか私たちがその地図を目で捉《とら》えたとき、本当に世界は変わるのです。しかし私たちはその道筋を見つけました。いまや私たちは霧《きり》のかかったゴールを目指しているのではなく、どの道を進めば辿《たど》り着くのかわかっています。これこそが人類最大の発見だといえましょう。私はいま喜びに感電しています。未来はついに、つくられるものになったのです——」

——聡美が最後に聴いていた歌を、私はそれから何度も聴いた。オフィスで、旅先で、そしていまもこうして朝の陽射《ひざ》しのなかで。

私はときにぐいとつかまれたまま、少女たちのポップソングに乗ってどこまでも連れていかれたい気分になる。それほど彼女らの歌が未来に向けてまっすぐで、眩《まぶ》しい一瞬のいまなのだ。聴くと自分が戻ってくるような気がする。そんな過去はなかったのに。

私はマルセルへの答を見つけたと思う。

いまとはすなわち、誰もが見えないメタファーなのだろう。過去の私もいまを生きた。未来の私もいまを生きる。だがそれらの無限の私は、いまという一瞬のメタファーで織りなされる。そのことは聡美、きみが教えてくれた。

妻と娘は一〇年前に飛行機事故で亡くなった。聡美がいちばんこの仙台の地で好きだった新緑の時季に、しかしまとまった休みであえてここを離れ、妻の故郷の鹿児島を訪れる計画を立てたのだ。私だけがどうしても仕事の都合で同行できず、私を空港に残して飛び立った直後のことだった。機体は海に墜《お》ち、まとまった遺体は見つからず、だからブラッドベリが描いたように、ふたりは空で燃え尽きたのだと思うようになった。

SFは風刺であるという。SFは文明批評であるという。だが私はいま知っている。SFは未来をつくるのだ。

ブラッドベリはSF作家と呼ばれるのを嫌った。だが一方では誰よりも正統なSF作家だった。その彼が書き残した無数のメタファーは、永遠と命の秘密を教えてくれた。ならば彼を読んで育ち、生きること、そのすべてが未来をつくる。

私はブラッドベリを自宅の書棚に戻す。そして秒針が静かに滑ってゆくダイニングを見渡し、窓から射し込む朝の光を見つめる。

きみが教えてくれた歌のように、私もここから歩き出そう。きみの地図を、この胸に刻もう。

きみが一〇年通った廊下を行き、私は自宅を出てエレベーターに乗る。マンションを出て空を仰ぎ、心地よい朝の空気を吸い込んだそのとき、不意に私は思い出した。

きみは憶《おぼ》えているだろうか。きみが大好きだったこの季節に、きみを肩車して、ときにはきみの小さな歩調に合わせながら、いっしょに街の並木道を端から端まで歩いた夜のことを。

　きみは夜空の星に手を伸ばした。私たちの左右には瑞々《みずみず》しい葉を広げた樹々《きぎ》があり、その枝葉の一部は空にかかっていたが、私にはきみの伸ばす小さな十の指先が、清新な枝葉そのものに見え、きみ自身が星々を指して昇ろうとしているかに思えた。

　きみにとって、それはいつまでも一瞬のいまであったろう。そして実をいえば父である私自身も、あのとき星を仰ぎ、その一瞬を感じたのだ。

　ランドセルを背負った少年がふたり、私の脇《わき》を駆け抜けてゆく。ひとりは私にぶつからないよう、前もって鳥のようにひらりと身をかわしてゆく。彼らのランドセルのなかで教科書が音を立てる。

　そして私を避《よ》けた少年が、数歩進んだ先で足を止めたのだ。白い貝殻《かいがら》に手を添え、その潮騒《しおさい》の音に耳を傾ける。そして朝のニュースに目を瞠《みは》り、遠くで見送る家族に振り返って声を上げた。

「お母さん、ぼくたちの未来だって！」

ミシェル

−1

今日、私が死ぬ。――あと二、三時間のうちに。

私は無となる。

――文机《ふづくえ》の置き時計が深夜一二時を回り、彼は立ち上がって身支度《みじたく》を始める。

彼はその日六五歳になろうとしていた。洗面台の前に立ち、古風なＬＥＤ照明のもとで鏡を見つめ、自然に老いてきたおのれの顔と向き合った。栗色《くりいろ》の髪はここ数年で淡く、細くなり、生え際《はえぎわ》は後退して、額《ひたい》にはしみが浮いている。それでも目つきはぎらぎらしており、ず、隈《くま》も消えていることに安堵《あんど》した。たった一日だが猶予《ゆうよ》期間を置いたことで、本来の自分へ戻ることができたのだ。

一昨日は夕暮れどきまで、少しの休みも取らず仕事を続けていた。午前中は自宅で申請書類を手直しし、〈彼〉と最後の言葉を交わし、午後は大学の研究室で各国の共同研究者に新たなアイデアまで送り、連携企業や官公庁へ最後のメッセージを残しておいた。そして秘書にも告げずにパリを離れ、標識の示すままに道を進み、この古いホテルに辿《たど》り着いたのだ――持ち物はそれほど多くはない。鞄《かばん》の重みのほとんどは以前にロンドンで買い求めたジョン・ダンの厚い詩集と説教集であり、昨日はその二冊を読み耽《ふけ》った。静かで緩やかな時間が、顔の疲れを解《ほぐ》してくれたのだと彼は思った。

両手で顔を洗う。指はなお滑らかで、しなやかに動く。少年だったころのように、まだピアノも弾《ひ》けるだろう。母からピアノを教わったことはないが、彼の最初の記憶はグランドピアノの高い椅子《いす》に座り、誰かに手伝ってもらいながら巨大な鍵盤蓋《けんばんふた》を両手で押し上げたときのものだ。自分の顔が漆黒《しっこく》の蓋に映《うつ》り、小さな両手が鍵盤の意味に吸い寄せられた。彼はその記憶の宿る指を眺め、そしておのれを見つめ直す。遠くからはブルーに見えるが、近づけば深い紫色が起《た》ち現れるその瞳《ひとみ》は、指と同じく父親譲《ゆず》りのものだ。彼はその指で母親譲りの唇《くちびる》と顎《あご》に触れる。無精髭《ぶしょうひげ》は剃《そ》らずに残しておいた。

コートを着込み、今後の雑事の処理について諸々認《したた》めておいたメモ紙を折り畳《たた》んでポケットに入れた。そして小瓶《こびん》を手に取り、部屋を出た。ルームキーは持たなかった――背後で扉が施錠される音を、彼は歩みながら耳で聞いた。

ホテルのフロントに人影はなく、外に出ると冷気が頰《ほお》を引き締めた。

空には薄雲がかかり、星は見えない。街灯は遠くまで消えている。彼は〝S、S〟が浮かぶはずの方角へ、一度だけ目を向けた。耳にセント・ポール寺院の合唱隊のハーモニーが蘇《よみがえ》る。それは一〇年ほど前、ただひとつだけ自分の骨細胞に記憶させた〝楽譜《ノート》〟であり〝楽句《パッセージ》〟だ。音楽が彼の内部に谺すると、自然にその詩が心に浮かんだ。「父なる神への讃歌」——厚い詩集の最後に、そっと刻まれていた歌であった。

公園へ向かって歩き出す。街路樹の葉はこの二日間ですっかり落ち、石畳《いしだたみ》の歩道を覆《おお》っている。彼は靴《くつ》で踏みしめながら、かさかさとしたその響きを音符に変え、心のなかで口ずさむ。

一七世紀の英国国教会司祭であったジョン・ダンは、セント・ポール寺院の首席司祭まで出世し、精力的に説教活動を続けたが、やがてその肉体は衰《おとろ》えてゆき、ときには気の鬱《ふさ》ぎで病床に就《つ》くこともあった。死期を悟《さと》ってからはおそらく説教の講壇上で立ったまま死にたいと願っていただろう。一六三〇年、四旬祭《レント》の最初の金曜日に、衰弱した身体でロンドンへ赴《おもむ》き、ホワイト・ホールで国王や王侯貴族らを前に説教をした。皆は止めようとしたが聞かなかった。人々はエゼキエル書に書かれたように「これらの骨は生きているのか」と眉《まゆ》を顰《ひそ》め、しかし説教が進むにつれダンの言葉に打たれて泣いた。

ダンは世界と宇宙とキリストについて語った。たんなる死と、イエス・キリストの死の違いについて説いた。後に「死の決闘」として出版されたジョン・ダンの最後の散文を、いま彼は人が死を繰り返すように思い出す——このすべての世界は宇宙の墓場だろう、私たちの墓場にほかならないだろう。なるほど私たちが〝生〟と呼ぶものは死の七回繰り返しに過ぎない。誕生は幼年に死し、幼年は青年において死し、青年と残りの生命は老齢において死す。そして老齢もやがて死し、すべては決定される……だがそれで本当の終わりなのか？　それが肉体と魂の分離であり、この身が受ける最後の死だといえるのだろうか？　いや、そうではない……この世の諸々の死を通り抜けたとしても、それは腐敗から蛆喰《うじくい》、焼棄から散解へと続く死への入口であって、それは墓穴の内と外における破滅であるが、すべての死者はここでもまた死を繰り返すことになるのだ。一方、キリストの特権とは、こうした死によって死なず、こうした腐敗を見ないことである、と――。

さらば人よ、十字架に架かり給いしキリストにすがれ。主がわれらに自らの犠牲で得られた復活と昇天とを許し給うまで、主の涙を浴び主の傷口の血を啜り、そして滅びることのない主の血液の計り知れない尊さとともに平和でもって、主の墓に横たわれ――。

――公園に人影はなかった。鳥の啼《な》き声もまだ聞こえていない。眠りに就《つ》く噴水の前で彼は足を止め、これまでの人生を思い出した。

学会の会場で周壑《ズウ・ケン》と激しく議論を戦わせた夜、チベットの山腹でタロ・ダキニ師と語り明かした一夜、宇宙倫理委員会で初めて顔を合わせた〈彼〉の表情――ジョン・ダンを手に取ったのはむろんあの〈彼《HE》〉と呼ばれた日本人の影響だ――いくつもの記憶が蘇る。そして彼は切実に思った。これから起こることによって〈彼〉を悩ませたくはない。あの男こそいまや人類の代表としての〝彼〟となったが、いまから自分の為す決意は〈彼〉の未来を奪うことになりはしまいか。〈彼〉は遠からずこの自分と同じ道筋を辿るだろう。〈彼〉と出会ったことでこの自分は、〈彼〉の道標となるのかもしれない。しかしそれが運命だったにせよ、〈彼〉は――〈彼〉の意志はなお自由だろうか？――そしてはるか遠くの〝彼〟もまた――。

夜明けはまだ先だ。生まれた時刻へと、自分は還《かえ》ってゆくのだ。その円環へ向けて、いま自分は立ち止まりながら、地球の自転に沿って動いてゆくのだ。

彼はこれからの世界を思った。これから〈彼〉は――いや、無数の〝彼〟が――永遠の回廊のなかで、やがて来る朝に続いてゆくことになる。その歓《よろこ》びに、世界は果たして耐えられるだろうか？　そこで生まれてくる無数の〝私〟は、この宇宙を繫《つな》いでゆくその歓びに、生き続けることができるだろうか？

その場所にどのくらい立っていたのか――彼はコートのポケットから小瓶を取り出し、蓋を開けると中身の液体を一気に呷《あお》った。天を仰《あお》ぎ、ガラス瓶の内壁を伝い落ちる苦い最後の一滴までも口に流し込み、ゆっくりと嚥《えん》下《げ》を終えたとき、彼は夜明けが近いことを知った。六五年前の、母の胎内から生まれた時間が近づいていていた。

彼はその場に立ち尽くす。早くもひりひりするほどの寒気が背筋から迫《せ》り上がってきていた。やがてそれは刺すような痛みとなるだろう。彼は両足を肩幅に開き、背筋を伸ばした。肌がざわめき、おののいている。髪の先端まで冷気が駆け抜ける。だが彼は目を閉じなかった。拳《こぶし》を握りしめ、全身に力を込めた。唇が震え始める。肺の細胞ひとつひとつに水の結晶が突き刺さってゆく。彼は最後の声を振り絞った。喉《のど》の奥で表皮が剥《は》がれ落ちる。滲《にじ》んだ血もまた肺から立ち上《のぼ》る冷たい吐息に洗われる。

「神の国来たれり、汝の御業はなされた……」

　虚と実を繋ぐもの——〝無〟がやってくるのを、彼は知った。

　そして彼——天才と謳《うた》われた科学者ミシェル・ジェランは二〇八四年一〇月の早朝、名も知られぬ小さな公園で立ったまま死んだ。マヌカンのように固まり、全身には白く霜が降りていた。

—8

「ミシェル、ミシェル？　どこにいるの？」

　いつも母の呼ぶその声を、ミシェル・ジェランは聞いて育った。自宅の薔薇園《ばらえん》で、あるいは母のコンサートツアーで訪れた国のホテルの庭で、自分を探す母の声が聞こえるまでミシェルは芝生《しばふ》にしゃがみ、ぴょんぴょんと跳ねてゆく小鳥の姿や、開いては結んで泳ぐ池の魚たちを見つめ、その動きと色と音に、心を同化させていた。

「今日は何を見ていたの？」

「鵟《かけす》だよ」母の手が肩に置かれ、五歳になったばかりのミシェルは立ち上がって答える。

「ほかの鳥の鳴きまねをするんだ」

白と黒の尾羽《おは》を持った小鳥は飛び立つ。ミシェルは母に手を引かれてホテルの建物へと戻る。小さいころから母のツアーに同行し、すでに訪れた国は四〇を越えていた。行く先々でミシェルはこうして母の目を盗んで庭を巡《めぐ》り、生きものたちの姿を追った。

ロビーにグランドピアノを見つけると、ミシェルは母の手を振りほどいて駆けてゆき、柵《さく》を潜《くぐ》って自分のものにする。たいした調律もなされていなかったが、まずは片手を鍵盤にあてがい、無造作に弾《ひ》いた。ミシェル、ミシェル、どこにいるの。そのメロディとリズムは鵟のように母の声を奏でた。

小鳥の囀《さえず》り、雑踏のざわめき。身の回りの音たちをピアノで弾いてゆく。最初は片手だけだったが、やがて両手を使い、和音をつくり上げる。ロビーにいた人たちが驚きの表情で集まってくるが、ミシェルの目には入らなかった。もしミシェルが顔を上げたなら、ピアニストである母親が柵の向こうで腕を組み、真剣なまなざしで息子を見つめているのがわかっただろう。

小さなミシェルには特技があった。四、五日も滞在すればその国の言葉を片言《かたこと》で話せる。街角でふと耳にした雑音を、音楽のかたちで再現できる。ただ音の高低や強弱をまねるのではない、ミシェルは音楽にしてみせるのだ。

そんなことは不可能だ、と話だけ聞いた者なら思うだろうが、ミシェルにはその不可能がたやすくできた。ドアの閉まる音ならば、本来そこには蝶番《ちょうつがい》の軋《きし》む音だけでなく、板と板のぶつかる音などが複合的に重なって私たちの耳に届く。それらはある種の特徴的な音の連なりではあるが、同じ圧力波が反復されるわけではない。そうした特徴の違いから、人は雑音と音楽を聞き分ける。楽器がいかに雑音を模倣しようとそれはものまねに過ぎないが、ミシェルはドアの開閉という動きの意味を、直観的に捉《とら》えて譜面に起こすことができたのだ。

音の要素のひとつに高さ《ピッチ》がある。音のピッチで言葉の意味を変えるベトナムや中国のような国々の言語を、ミシェルはとりわけ巧《たく》みに習得した。音楽家の多くは絶対音感を持っているが、すでにミシェルはそうした資質を創造へと結びつけていたのだった。一度聞いた雑踏の音は決して忘れず、ABCとアルファベットをスケッチブックに書くのと同様に、何ヵ月後であっても楽譜でそれらの印象を書いてみせた。その音楽は多くの人にきちんとドアの開閉を、小鳥の警戒心を、アジアの一国の大通りを想起させた。それは確かに事件だった。なぜなら音楽の描写には限界があり、絵画のように情景を写し取ることはできず、それを目指せば音楽でなくなってしまうというのが一般的な見解だったからだ。

ミシェルはピアノ遊びに飽きると、何事もなかったかのように椅子《いす》から下りて母のもとへと戻り、その手を取る。母はこうした騒ぎに慣れており、息子を連れて部屋に戻る。そしてロボットのおもちゃを与え、自分はコンサートの準備に取りかかるのだった。

小さいころから美貌《びぼう》のピアニストともてはやされたマリー・ドゥメールは、若くして情報工学者マルセル・ジェランと結婚した。それまで恋などしたことはなかった。物心つく前から愛の歌を幾度となく弾いてきたというのに、人を愛することの意味を知らなかった。

彼女がプラハに滞在中、同じホテルで脳科学の国際学会が開かれていたのだ。ちょうど彼女を取り巻いていた大人たちが噂話《うわさばなし》のようにいった、あそこに名前の挙がっている招待講演者は、音楽家のように科学の発表をすることで有名なのだと。興味を持った彼女は朝のリハーサルを抜け出してホテルに戻り、満員の大ホールに小さな身を滑り込ませ、いっとう後方から立ったまま背伸びをして彼の講演を聴いた。

結婚の発表は多くの人を驚かせたが、ふたりはまったく動じなかった。夫はその数日後、まだ大地震や津波の痕《あと》が残る日本の地方都市で重要な学術発表を成し遂《と》げ、それは結婚の騒ぎを掻《か》き消すほど大きな話題となった。あまりにも人々の心を揺さぶったため、夫は殺人予告さえ受けたのだった。

「ミシェル、あなたはパパに会いたい？」

母がミシェルの前に屈《かが》んで瞳《ひとみ》を見据えていう。母の睫毛《まつげ》は長く、黒く、瞳には金粉を散らしたような輝きがあった。それは父の瞳が近くから覗《のぞ》き込んで初めて深い紫だとわかるように、鼻をくっつけるほど近寄らなければわからない、ミシェルと父だけが知るはずの秘密だった。

ミシェルは六歳になっていた。母といっしょにアメリカのサンノゼという強い陽射《ひざ》しの街に降り立ったとき、まだ自分の運命を知らなかった。出迎えの車に乗って真新しいコンベンションホールに着くと、壮年の男性が待っていてくれた。技術者らしい地味なスーツを着たその男は、白髪交《しらがま》じりの東洋人で、朴訥《ぼくとつ》な英語で講演が二〇分押しであることを伝え、ミシェルを懐《なつ》かしげな目で見下ろした。

ミシェルは会場の最前列の席で、母やその男性と並んで父の講演を聴いた。

父の温《ぬく》もりや匂いを憶《おぼ》えることなくミシェルは育った。父もまた多忙な人間で、大学の研究室でも椅子を暖めることはなく、つねにあちこちに出向いては講演し、共同研究者たちと議論を交わし、多くのメディアに出ていたからだ。そのときミシェルが父を間近に見たのはおよそ二年ぶりのことで、おそらく母も同じだったろう。

後にミシェルは教わった。父は社会の倫理観というものを世界で初めてシミュレートしたのだと。そのシステムをもともと父は素《そ》っ気《け》ない記号で呼んでいたが、いつしか人は〝メタファー〟と呼ぶようになったのだと。

その言葉は知っていた。〝メタファー〟は未来を矢印のかたちで描き出してみせる装置――それは人々の関心や想いがどこに向かい、どんな刺激でどう変化してゆくのか、そうした社会の見えないうねりを、モニタの奥へ、奥へと伸びてゆく無数の矢印で表現するプログラムなのだ。

そうした画面をミシェルは幾度か見たことがあった。矢印のどこかに自分もいるのだろうかと思いながら、大人の言葉を聴いていた。きみのお父さんは未来を予測できる社会をつくったんだ――その言葉は歌のように聞こえた。

舞台の下手《しもて》には演台が用意されている。しかし座長の紹介を受けて登場した父は、一度も演台の前に立たなかった。彼は舞台の中央まで進み出ると、思案げに両手を胸の前で軽く組み、一分以上もじっと俯《うつむ》いていた。会場は鎮《しず》まったままで、咳払《せきばら》いが二度、そして三度と続けて鳴った。それがホールの広さと残響を――会場そのものの〝生気〟を示した。

父は無言でそれを測っているのだとミシェルは思った。

隣の母の顔を覗き込む。母は舞台上の父から目を離さず、しかしミシェルの気配を受け、肘当《ひじあ》ての上でその小さな手を握る。さあ、ごらんなさい、あなたのパパがいまから奏《かな》でる。

母の心はそういっていた。

母の皮膚《ひふ》はしなやかではあったが、そのてのひらは大きく、指は戦士のように強く伸びていた。覆《おお》われた自分の手とはまるで違う。かたちも、透《す》けて見える血管の色も、指を身体に繋《つな》ぐ筋も、まるで母の手は生きた機械のようだ。

後にミシェルは思い返す。母は死ぬ間際《まぎわ》に本当の恋を知っただろう。しかしそれまで何を知っていただろう。愛のメロディであれほど多くの観客を魅了し、父と巡り合って結婚しながら、もしかすると死に至る五分前まで、愛することの意味を知らなかったかもしれない。なぜなら母は一度も愛についてミシェルに語ってはくれなかった。だからミシェルは子供心に信じていたのだ、自分も愛というものを知ることはないのだと。

人は卓越した科学講義に喝采《かっさい》を送る。一九世紀初頭のロンドン、ウェストランドのアルベマール街二一番地に建てられた王立研究所の前は、いつも馬車が混雑して動けないほどで、そこはおそらく世界初の一方通行規制が敷かれた通りだった。人々は放射性物質について語る評判の科学講演へと詰めかけたのだ。演者は笑気ガスの研究でも名高いハンフリー・デイヴィ。ある日、彼に憧《あこが》れてついにチケットを入手し会場に潜《もぐ》り込んだ若者がいた。後にその男マイクル・ファラデーは、実験中の事故で視力を失ったデイヴィの助手となり、電磁気学を発展させ、蠟燭《ろうそく》ひとつで聴衆の心を惹《ひ》きつけるクリスマス講演をおこなうようになる。

その逸話《いつわ》に父と自分を重ね合わせる。後にミシェルは思い返した。ただ一度だけ、父の講演を最後まで見たこの日の記憶を、後に幾度も思い出した。

コンサートのように人々は立ち上がって拍手を送る。ブラボー、アンコール、という呼びかけすらも聞こえるなか、司会者席に戻った座長が会場を見渡し、両手でかたちばかりに聴衆の熱狂を制すと、ではおひとりだけ質問をと告げ、会場の奥を指差した。ホールに耳障《みみざわ》りなハウリングが響いて、誰もがその場で顔をしかめた。

「興味深いご講演に感謝いたします」

落ち着いた女性の声だった。人々は後ろを振り返り、無粋《ぶすい》な議事進行に不満の声を漏《も》らした。ミシェルはその場で背伸びをしたが、背広の大人たちに阻《はば》まれて声の主は見えなかった。

「あなたは世界を変えました。あなたの頭脳こそは、二一世紀の革命に不可欠な科学技術をつくり上げたのです。私たちはここに最大級の讃辞《さんじ》を贈るとともに、永遠の死を捧げます」

誰も予測はできなかった。

銃声が響き、壇上の父が弾《はじ》かれたように後方へと倒れた。

その瞬間を、ミシェルは見なかった。

もう一発の銃声が会場に谺した。テロリストは自らのこめかみを撃《う》ち抜いて、折れ曲がったような格好で死んだ。

父の死を見る代わりに、その瞬間をミシェルは見たのだ。偶然にも人々の隙間《すきま》から、通路のスタンドマイクの前に立つ女性の姿がわずかにわかった。頭部が吹き飛ばされるそのとき、ミシェルは彼女の顔をはっきりと見た。

人は天国に行ける一方で、おのれのいのちに暴力を振るって地獄に墜《お》ち、永遠にそこに留まる運命の者もいるのだと、ミシェルは初めて死を目《ま》の当たりにして知った。

八歳の誕生日にピアニストとして公式デビューするまで、ミシェルはさまざまな身体運動学的研究の被験者となった。

言語習得と音楽訓練の関係についてはパリ第七大学と日本の東京大学の認知発達心理学者がとくに興味を持ち、ミシェルの脳活動を頻繁に測定した。いくつか彼らにとって興味深い知見は得られたものの、科学のブレークスルーとなるまでには至らなかった。たとえば中国語のピッチの聞き分けが絶対音感の形成過程と並列的であるかといった細かな検討がおこなわれたが、研究者らの解析スケジュールに比べてミシェルの言語習得の進展はあまりに速く、やがて研究者らは未知の言語に対する小児の反応を調べるという当初の目的を大きく逸脱し、ミシェルの成長を見守ることとなった。

ミシェルはさほど練習をしなくても、ある程度までピアノを弾きこなすことができた――教えられたことは二、三度繰り返せば身についてしまう。ピアノが好きかと訊《き》かれたとき、ミシェルはいつも返答に窮《きゅう》した。むしろ演奏よりも作曲し、譜面を延々と書きつけているときのほうが、集中力も持続したのだ。指はたったの一〇本であり、ピアノの音楽はその身体性に縛られている。一方、頭のなかではいくらでも和声《ハーモニー》をつくることが可能で、それらはミシェルが地上で出会ったことのない別種の言語だと思えたからだ。

むろん音楽は現実世界の制約によって生まれる。肉体がテンポと拍子とパターンを決める。足を踏み鳴らしてテンポを取り、そこに強弱を与えて拍子をつける。心地よいパターンは繰り返され、すべてが合わさってリズムとなる。身体がリズムを打ち鳴らすのだ。ミシェルは学術の言葉を交えて教わった。リズム、メロディ、ハーモニー、人間の脳にはそれぞれに反応する部位がある。そのすべてが脳を発火させて音楽をつくる。だがミシェルは思った。この手や足や喉《のど》だけではなく、自分のもっと奥深いところに、音楽の〝素子〟は生きて動いているのではないか。

スポットライトを浴びて舞台に出るとき、ミシェルはいつも眩《まぶ》しさは感じなかった。会場の広さや人々の視線に気後れすることもなかった。ただいつも父の姿を思い出していた。中央で一礼し、地平線の向こうへと続いてゆくような観客席を見渡し、拍手を受けながら、こうして立つ自分の姿はまだ楽器の一部なのだと感じた。いま客席から見えている自分は表面に過ぎない。けれどもこの胸のなかでは心臓が脈を打っている。

自分の身体のなかに音楽があると、八歳に成長したミシェルは思うようになっていた。ピアノを弾く母だけでなく亡くなった父も、きっとそのことを表現しようとしていたに違いない。

九歳までに国際的な音楽賞を受賞し、一〇歳になるころにはすでに大御所《おおごしょ》たちと並んで称賛を得ていた。嫉妬《しっと》や罵倒《ばとう》も増えると思われたが、ミシェルにはそうした声をねじ伏せるだけの伸びしろがあった。舞台を重ねるごとにその演奏は瑞々《みずみず》しさを湛《たた》え、そのままどこまでもまっすぐに成長してゆくことが、多くの人の目に明らかだったのだ。

母のもとを離れるつもりはなかった。つねに母のコンサートにつき添い、自分の演奏はその遠征先でのみおこなった。すでに主要国の言語は習得していたが、街へと繰り出し夜遊びにふけることはなかった。それよりもミシェルは生きものと触れ合うことを好み、あるとき母が連れてきた仔犬《こいぬ》のゴールデンレトリヴァーは、四年後にそのいのちを奪われるまでミシェルの唯一無二の友だちとなり、そして生涯でただひとりの友人となったのだ。

一二歳のとき、パーティでミシェルはひとつ年下の少女と出会った。彼女の名はドロテといい、著名なバレリーナのひとり娘で、その血を受け継ぎ早熟の天才の名をほしいままにしていた。

澄《す》み切った空のような青い瞳をしていた。

パーティ会場を少しばかり離れたテラスで、ミシェルはその少女に口づけされた。柔らかだが相手の匂いがいつまでもこびりつく感覚に嫌悪を覚え、思わず手で拭《ぬぐ》うと、少女は悲しげな顔を見せた。彼女は口づけをすることには慣れていたが、ミシェルに口づけをすることには不慣れだった。

「キスして」

少女が囁《ささや》いたので、今度は自分から唇《くちびる》を当てた。

ミシェルはコンサート活動を年間二〇回ほどこなした。しかし演奏の前後で動きが堅くなることが指摘されるようになり、支援する大人たちの間でも心配の声が上がり始めていた。とくに観衆から拍手を浴びるとき、ミシェルはうまく笑えなくなっていた。その強張《こわば》った顔はホテルに戻り愛犬を抱くまで戻らないこともしばしばだった。

なぜ身体が堅くなるのかわからなかった。だが本当は知っていたのだ、ミシェル自身も気づかないうちに。

初めてのキスから三ヵ月後、ミシェルはドロテに誘われて古い教会で共演した。彼女はバレエではなく現代的な舞踊《ぶよう》を披露し、ミシェルはピアノではなく小さな笛を吹いた。笛は久しぶりにミシェルを音楽へと運んでくれた。音の響きがホールとはまるで違う。建造物もまたそれぞれの特徴を持った肉体であり、そこで奏《かな》でられるのにふさわしい音楽があるのだと改めて知った。きっとダンスにも同じことがいえるのだろう。

自分がいつかこの肉体を変えたら、この身の内側でどんな音が響くだろうか。そしてもし宇宙が大きなひとつのホールであるなら、その身体が変わったとき、どんな音が鳴るだろうか。

演奏を終わらせたくはなかった。ドロテといっしょに演じ続けていたいのではなく、観衆の拍手の前に立つのが恐ろしかった。以前には感じなかったその奇妙な観念が、急速にミシェルのなかで膨《ふく》らむようになってきていた。それでも演奏は予定通りに終わり、ドロテはミシェルの手を取り観客に応《こた》えた。控え室へ戻るときも彼女はずっと手を離さなかった。

「私の歌をつくってほしいの」

部屋の扉を閉めるなり少女はミシェルに口づけをしていった。廊下では親たちが待っている。ミシェルは火照《ほて》った唇を受けながら答えた。

「約束はできないよ。ぼくはいつ死ぬかわからない」

「どうして？　病気なの？」

「ぼくはいつか殺されるんだと思う、父さんがそうだったように。拍手のなかから銃弾が飛び出して、いつぼくの額《ひたい》を撃ち抜くかわからない」

「何をいっているの？　それなら今夜は大丈夫でしょう。もうステージは終わったのだから」

「ぼくはきみが好きじゃないんだ。誰かを好きにはなれないかもしれない、母さんがそうだったように」

少女は怪訝《けげん》な目つきでミシェルを見つめる。扉が開いて大人たちが入ってきた。ドロテは濡《ぬ》れていた自分の唇を手で拭った。

翌日、ミシェルは母とともに日本へと飛んだ。

遠征先は東の海岸沿いの街で、そこは二〇年前に津波ですべての建物が破壊され、人々が泥に埋もれて亡くなった場所だと教えられた。すでに新しいビルや住宅が建ち並び、アスファルトで塗り固められた広い車道が、コンクリートの匂いを放つコンサートホールへと続いていた。そうした人々の思惑《おもわく》とは無関係に、潮風《しおかぜ》は街のなかで渦《うず》を巻いて乱れ、避難ポールに絡みついては寂しげな音を立てて、海鳥の啼《な》き声は喧《かまびす》しく、街路に犬や猫の姿はなかった。

父はここからほど近い地方都市で〝メタファー〟の学術講演をおこない、世界を変えたのだ。

ミシェルはホールで母の演奏を聴いた。そして津波に呑《の》まれたその街で、ようやく自分が堅くなる本当の原因に気づいた。

病気になったのは自分ではない、それは母なのだとミシェルは知った。母はラヴェルを演奏したが、後半になるほど音は間延びしていた。最前席からは母の手と指がよく見えた。右手の小指が内側へ曲がっている。鍵盤から逃《のが》れようとするかのように、羞恥《しゅうち》を滲《にじ》ませた表情で丸まっている。ピアニストが罹《かか》る病気だ。ピアノに向かうと指の筋肉が固まってしまい、速いパッセージが演奏できなくなる。自分は母の病気のことをずっと無意識のうちに気づいていたのだろう。それでも観客たちはわからない。いまもまた演奏を終えて立ち上がった母に、人々は大きな拍手を送る。それはあまりにぱちぱちと大仰な拍手だから、ホール全体が安っぽく感じられるほどだった。

母は舞台の中央で称賛を浴び続けていた。ホールのいちばん遠くを見つめ、肩から鎖骨《さこつ》までを広く顕《あら》わにした深い紫色のドレスをまとい、絶好の標的として立ち続けていた。そのときようやくミシェルは思った、母はまるで殉教者《じゅんきょうしゃ》だと。

翌年、イタリアのパドヴァのコンサート会場で、マリー・ドゥメールは引退を宣言した。母は何人かの医師の診断も受けていたが、有効な対策は見つからずにいた。母は人生で最後の喝采を浴びた。花束を抱いてまっすぐ彼方《かなた》へと目を向けたとき、ミシェルは母の目に涙が浮かぶのを見て取った。観衆はそれを感激の涙だと思ったのだろう、いっそうの熱い拍手を送った。だがミシェルには母のまなざしの意味がわかった気がしたのだ。母は亡くなった父の〝演奏〟を思い起こしていた。父が学術講演で奏でていた〝音楽〟に自分の手が届かなかったことに、涙を流しているのだった。その証拠にいま母は、父が撃たれる直前とまったく同じ立ち振る舞いで、それまでの遠いまなざしを棄《す》てて観衆へ目を向けようとしている。

ばん。

ミシェルは心のなかで銃弾を放った。

それから一〇日間、マリー・ドゥメールは穏やかに、息子であるミシェルとイタリアの街で過ごした。母は教会へとミシェルを連れていった。朝の早い時間に、そして夕刻の長い影が道に描かれる時間に、ふたりはミシェルの愛犬とともに街を歩いた。ミシェルは愛犬の紐《ひも》を手に取り、母はミシェルの手を取った。空が朱《あか》く染まっていた。

「ご覧なさい。たくさんの人がこの時間を通り過ぎてゆく。それぞれの世界を胸に抱いて。そのひとりひとりに倫理がある。あなたのパパは、それを音楽のように描いてみせた。いまは誰もが明日の倫理を予測できる。いま光って見えている空気の粒子が明日どこに行くのかわかるように」

母の温もりと呼吸がわかった。大気の煌《きら》めきと風の囁きがわかった。街のざわめきと息づかいがわかった。母はもうそれ以上語りはしない。母はその身に鼓動を抱え、この光と空を呼吸している。だが手を繋ぎながらミシェルは、いま母が初めて本当に亡き父を愛しているのだと知った。いまこの身に感じるすべてのハーモニーを胸に刻み、自分のなかの譜面に記した。そしてこれから起こることは運命なのだと不意に悟《さと》った。倫理の行く先は見えても、生きることの予測はできない。

ファンですといって屈託《くつたく》のない笑顔で歩み寄ってきた女性は、自分のツールを取り出してミシェルに渡し、ぜひ写真をいっしょにとねだった。その日の母は温和だった。まだ父への愛を抱き続けていたのだろう。橋の中央でふたりは並んで立ち、静かな川面に建物の影が映った。そばで老人がアコーディオンを奏でていた。ミシェルはぼんやりと彼女のツールを手にして立った。愛犬が鋭く咆《ほ》え、ミシェルの前に立ちはだかった。そして女性は胸元から大きなナイフを取り出すと母の喉を一気に切り裂き、全身の体重を込めてミシェルの愛犬の背中に突き刺した。母がアコーディオンの音楽に乗って血を噴き出し、それを浴びながら女性はおのれの銃で頭を撃ち抜き、手すりの向こうへと落ちていった。

母と愛犬の遺体とともに、ミシェルはフランスに戻った。母は国葬で迎えられ、翌日ミシェルはずっと前から予定されていたコンサートを定刻で始めた。リストのソナタ風幻想曲「ダンテを読んで」を弾いた。これ以上ないというほどすばやく打鍵した後、誰にも予測させず唐突に曲を変えた。

それはミシェルが胸の内に溜《た》めてきた人生の譜面だった。物心ついたときから画用紙に音符を書き散らし、絵日記のように書き留めてきた幼いメロディ、母とともに旅した世界の光景、それぞれの国の言葉、ひと繋がりの声のなかに描き出されるさまざまな倍音の色彩。自分はそれらとともに生きてきたのだ。この演奏は父のように世界を変えることができるだろうか。この音楽は母のように生き続けることができるだろうか。もう人々の前で演奏すべきことはやり尽くしてしまったように思えた。ならばこの舞台で死ぬのがふさわしいのだとミシェルは思った。

ミシェルはさらに曲を変えた。客席からざわめきが起こったが、手指を止めはしなかった。それはすなわち少女の甘い囁きであり、小さな口づけのメロディであった。その唇はやがて踊る。彼女の足が床と擦《す》れ合い、彼女の両腕がくるくると回る。ミシェルは少女の心の動きさえ描いてみせた。露骨なところまで突っ走った。そうして観客の困惑を最大限に引き出してから、ミシェルはあのパドヴァの夕暮れへと還《かえ》っていった。

いま父のシミュレーションシステムがホールに投影されたなら、もうすぐ倫理の矢印の向きが変わるのもわかるだろう。緩やかに弧《こ》を描いていた矢印は、あと数秒でぐいと中心へ惹《ひ》き込まれ、世界はそこで変わるだろう。ホールに静かな熱気が高まってゆく。人々の心が動くのがわかる。ミシェルは一三歳でそのうねりを感じた。矢印がついに動いた瞬間、ミシェルは全身に鳥肌が立つのを感じ、もう自分は後戻りをしないのだとはっきりと悟った。

割れんばかりの喝采を受けて、ミシェルは立ち上がり、両腕を広げて立った。ミシェルはすでに死んでいた。もはやその胸に見えない弾丸を受け、熱い血を噴き出し、自分の顔で浴びていた。だがそれは幻想で、ミシェルに銃口を向ける者はなく、いつまで待っても拍手の他の音は耳に届かなかった。ミシェルは目を閉じ、顔をしかめ、晒《さら》し者となったまま死を待ち続けた。誰か早く殺してくれ。誰でもいいからお願いだ、なぜ殺してくれない、ミシェルは心で叫んだ、神よ、神よ、なぜぼくだけを置いてゆく！

それでも銃声は鳴らなかった。

舞台袖《そで》に戻るとドロテが待っていた。少女は演奏を聴いていたのだろう、高揚した表情で、しかし親を亡くしたばかりの恋人に、どう接すればよいかわからず立ち尽くしていた。

「ねえ、きみ、ぼくを殺してくれないか」

ミシェルはタキシードの内ポケットからオートマチック銃を取り出し、少女にグリップのほうを差し出した。父が護身用に生前に唯一購入していた武器だ。しかし少女は怯《おび》えて一歩下がった。ミシェルは冷静にいった。

「いつも弾き終わったら死ぬんだと思っていた。それでも死ねないのはなぜなんだろう。ママンだって天に昇っていったのに」

本当は銃の扱い方など知らなかった。それでもミシェルは少女の手をつかみ、強引に銃を握らせた。

ドロテはミシェルの手を振りほどいて叫んだ。ママン！　ママン！　どこにいるの！　ドロテは小さな口を大きく開けて助けを求めた。周囲の大人たちがすぐさま異変に気づき、ミシェルを取り押さえて指をこじ開け、大切な父の拳銃を奪った。騒ぎは観客にも聞こえただろう。アンコールを待つ歓声と拍手が、やがて不安げなざわめきへと変わってゆくのが痛いほどわかる。ミシェルは葬儀でも流さなかった涙を流した。自分には地獄へ墜ちるための舞台さえないのか。

「ぼくは自分で死なない限り、死ねないんだ」

それが一三歳で愛の意味に触れた、ミシェルの最後のピアノとなった。

パリ第六大学の特別選抜制度に合格し、学問の道へと進んだ。誰もが音楽の道を続けると思っていたが、ミシェルが選んだのは理工学専攻の「統合生物学と生理学」領域であった。

　父や母や愛犬とともに暮らした家は引き払い、大学寮に移り住んだ。飛び級で進んできた者はミシェルのほかに何人もおり、そうした仲間たちとともに過ごすのはそれなりに楽しいものだった。

　あるとき初老の日本人男性が訪ねてきた。面長《おもなが》の落ち着いた顔立ちで背格好も地味ではあるが、いかにも技術系の研究者らしい頑固さを内に持っていることは見ただけでよくわかった。

　男は市川と名乗った。きみのお父さんが亡くなった会場に私もいたんだ。そう告白されて思い出した。あのときタクシーで乗りつけたとき案内してくれた人物であり、日本の海岸町で母がコンサートをしたときも、彼は丁寧《ていねい》に挨拶《あいさつ》をしてくれたのだ。

「私はきみのお父さんの共同研究者だった――あの〝メタファー〟を商品開発したのはうちの会社だよ」

　秋が深まりつつある季節であり、ミシェルは彼と大学を歩き、広い芝生の一角に並んで腰を下ろした。空は透き通った水色で、コンタクトレンズも装着していないミシェルの瞳には、入り乱れた倫理の矢印も騒々しい広告も映らなかった。

「もうピアノは弾かないのかな」

「ときどきシンセサイザーを」とミシェルは静かに答える。

「知っているよ。〝自然音楽《ムジーク・ナチュレール》〟という分野だそうだね。街の喧騒《けんそう》のなかからふと聞こえる音楽を拾い集めて——それに人の話し声それ自体が音楽として耳に届くような音を——現実の音とは違うだろうが、以前のピアノのときよりずっと光景が目に浮かぶよ。でも野外のチャリティコンサートばかりだそうじゃないか。もう関心が別のものへと移ったのかな」

男は音楽のことは何も知らない様子だったが、それでも自分の言葉でミシェルの音楽を語ろうとしていた。両親を喪《うしな》ったミシェルの将来を案じているのだ。父のかつての共同研究者として、何かができるはずだというたったひとつの信念でもって、ここまでやってきたことがわかった。

「きみはどこへ向かうのだい」

男は日本語でいった。ミシェルが語学に堪能であることを知って、あえて彼の父が亡くなった地の言葉に切り替えたのかもしれない。

「知りたいと思ったんです。生きるとは何かを」

「それは、大きな目標だ」

久しぶりに聞く日本語であり、久しぶりに自分の喉から発せられる日本語だった。母語とは音色のざわめきや伸びが違う。そこにもまた西洋の譜面では書き留めきれないシステムがある。

　父の数学が世界を変えたのは事実だが、それを世界に送り届けたのは、ことさらに名乗らない日本人たちだったのだとミシェルは改めて知った。

「市川さん、あなたはコンピュータサイエンティストなのですよね。だったらコンピュータのなかで生命をつくってください」

　すでに単一細胞内の全ゲノムを、人工設計した遺伝情報に置き換える技術は確立している。それらが集積した多細胞の〝生きもの〟も、あくまで研究レベルではあるが報告されている。だがそれらもしょせんは、すでに存在する〝いのち〟の要素を技術で改変しただけだ。いのちをつくるのとは意味が違う。

　それにいまなら死者の振る舞いや性格をコンピュータ上で継続してシミュレートし、あたかもいっしょに歳月を重ねるかのように、ホロモニタ越しに会話してゆくことも難しくはない。かつてこの技術者が試験的に開発したプログラムの応用だ。しかしそれもいのちをつくっているわけではない。

　それらをすべて知った上でのことだろう、初老の男はミシェルの言葉に微笑《ほほえ》んでいった。

「私が愛読していた作家も、知り合いの科学者によくいっていたそうだよ、早く試験管のなかで生命をこさえてくださいとね。その作家は日本を沈没させ、木星を破壊し、東京を一日で消してみせた」

「たいそうな法螺吹《ほらふ》きですね」

「未来を創《つく》るとは、そういうものさ」

「ではぼくは宇宙の共通言語を創ってみせます」

ミシェルはあっけらかんといった。秋の空にふさわしい日本語のように思えた。

「いつか宇宙の果てまでいっても、ぼくの言語を使えばコミュニケーションができるようになります」

日本人は穏やかに目を細めた。ミシェルはそうした東洋の仕草《しぐさ》が、決して相手をなじったりするのではなく、懐かしい郷愁へとまなざしが向いていることを示すものであることを知っていた。

「きみはお父さんによく似ている。でも少し違うところを見つけたよ。マルセルはいつもこんなふうに発音したんだ――コンーミュニーケーション。ダンスをするように、軽やかにリズムをつけて」

ミシェルは復唱した。そして心のなかで音楽にした。

そのとき、なぜだかわからないが、ミシェルは宇宙のある方角に目を向けたいという欲求に駆られた――それがどの向きなのかわからない。なぜそこを見たいと感じたのかもわからない。だがそこに途轍《とてつ》もなく巨大で、大切なものが、そして自分のいのちと繋がる何かが、いつか出現するような気がしたのだ。

一ヵ月後、ミシェルはそのモチーフを用いたカノンの新曲を発表し、それは世界中でピアノの練習に明け暮れる大勢の子供たちの小さな手で、その後三〇年以上にわたり繰り返し奏でられた。

−7

それは病院というより要塞《ようさい》だった。

ごつごつした、岩だらけの、赤茶けた沙漠《さばく》の外れに聳《そび》える、荒涼たる山脈のなかの、そそり立つ禿山《はげやま》の頂上――そこに配置されているのは窓の少ない、岩の塊のように無骨な施設群、そしてそれらを囲むように築かれた、灰色の高いコンクリート壁だ。防壁は最近になってさらに増設されたらしく、巨人が両腕で山頂を絞め上げるかのように、凄《すさ》まじい威圧感で半径三キロメートルほどの周囲を完全に遮蔽《しゃへい》し、以前には交通手段として使われていたらしいケーブルカーの無人駅さえ分断して、地上からのいっさいの侵入を拒絶している。

マイクル・ジョン・ダン博士は夕陽に燃えるその異様な光景を機内から見下ろし、高い壁が山腹に伸ばす巨大な黒い影に恐れをなした。あの山頂の施設に内燃式発動機の搭載《とうさい》された航空機で近づくことは何人《なんぴと》たりとも許されていない――レベル6のテロ対策が適用されている、数少ないポイントのひとつだ――ダン博士の乗ったイオノクラフトは一〇マイル手前の地点で貨物機《エアカーゴ》の後尾から吐き出され、ここまで風に舞う帽子のようにゆっくりと降下してきたのだった。かつては疑似科学と揶揄《やゆ》されたこの軽量で弱々しい航空機が、世界最高機密施設へアプローチする唯一の手段であるとは、どこか皮肉めいている。

軍の操縦士は巧みに空中で機体を滑らせ、病院施設脇《わき》のクラフトポートに接地させる。隅《すみ》に小さな人工池のある中庭でたったひとり出迎えていたのは、まだ二〇代半ばだろう、ハッカーの雰囲気を漂わせる、眼鏡をかけた若き院長だった。

ダン博士は握手を交《か》わしながら、内心では、なるほどここも〝天才〟に陥落されたのか、と思った。このアフドゥーム病院は七年ほど前に大きな事故を起こしている――当時の所長は患者の襲撃を受けていのちを落とし、その場にいた医師やオペレーターたちも巻き添えを食って重傷を負い、後に死亡するという惨事に至った。あのころ推進されていたプロジェクトはすべて中止され、ここを運営していた財団や協会も解散させられ、以降この施設群は人工知能による自動維持機能だけをオンにしたまま、世界連邦政府管轄《かんかつ》のアンタッチャブル領域として、すべてのデータベースからその存在を抹消されていたのだ。

それを当局は若者に任せて再生への道を図ったというわけだろう。しがらみや因習に囚《とら》われない彼らこそ、いまや世界連邦の礎《いしずえ》である。そしてそうした彼らを積極的に登用し、世界中に振り分け、活躍の場を与えてきたのが、自分たちの世代なのだとダン博士は思った。

「病院が再開されたのは一年前です。以前の財団とはもはや関係ありません。ゆっくりと見学なされば、いまはごくふつうの病棟として機能しているのがおわかりいただけることでしょう」

ゴドーと名乗ったその若者は、院内へと進みながら話し始める。若者によくある馴《な》れ馴れしい口調も混じり気味ではあったが、説明はさすがに要領を得ている。館内の主要設備をざっと見学した後、ダン博士は思い立って尋ねてみた。

「ひとつ訊《き》いておきたいんだが……、あの〝マリアの部屋〟というのは本当にここにあるのか？」

「なんだ、ご存じなんですね。ええ、まだ地下室にありますよ……。年々、収縮のスピードは遅くなっていますが、いつ臨界を越えるかわからない。その途端――ぶわん・ばっ！ここにもうひとつの宇宙ができるというわけです」

「いつマイクロ・ブラックホール化するか知れない物体の上で、こうして仕事をしているわけか……。きみたちは不安にならないのか？」

「ぼくらが死ぬときはこの大陸も消えてなくなりますよ。周りの壁なんて何の役にも立ちはしません」

「それもそうだ。しかし世界連邦政府管轄なら周墾《ズウ・ケン》が黙っちゃいないだろう。彼は何といっているんだ?」

「大統領職を退《しりぞ》いても、あの発言力は鈍っちゃいませんよ……。今後もいざというとき〝マリアの部屋〟は彼の切り札になるでしょう。宇宙倫理委員会だって、いままでは表向き、周塋本人の非公式なミーティング・グループだったようですが、これからは連邦政府内で根回しをして、自分の影響力を保てる正式な諮問《しもん》機関にするでしょうね……。ところで、こちらからもひとつ伺《うかが》いますが、あなたは一七世紀の詩人のジョン・ダンと何か関係が?」

「ほう、それを訊いてきたのはふたり目だよ……。最初のひとりが〈彼〉だったんだ。赴任して最初に顔を合わせたときだったが……」

「あなたの弟のダニエル・ダン博士にはジョンがついていないですね。長男だけが受け継ぐミドルネームですか?」

「まあ、古い先祖が箔《はく》をつけようとしたんだろう……」

「〝ひとはみな大陸《くが》の一塊《ひとくれ》、本土のひとひら……〟」

彼はその場に立ち止まった。〈彼〉もまたあのとき〝誰《た》がために鐘は鳴る〟の一節を呟《つぶや》いたのだ……。

オフィスでざっと〈彼〉の症状の説明を受けた。やはり精神物理学者としては確かな目を持った男だ。複雑で治療も困難といわれてきた〈彼〉の現状を、実に手際《てぎわ》よく表現してみせる。精神物理学といえば、かつては外界刺激の物理量とそれを受け取り知覚する感覚量の関係を調べる学問領域だったが、いまはずいぶんとニュアンスも変わっている。ここでも社会の倫理は動いているということだ。

続いて通された会議室には医師や関係者たちが集まっていた。遠藤《えんどう》の助手であったイラン出身の若い技術者モハメッドが、いちばん隅の席に座っていたのには驚いた。モハメッドもあの一件以来、長い休養を取って姿を消していたからだ。

「こちらにお見えになったのが、カリフォルニア州サンタクララ・バナー情報科学財団中央研究所の副所長であるM・J・ダン博士——いうまでもなく遠藤秀夫《ひでお》とアンジェラ・インゲボルグをかの超《スーパー》AI開発プロジェクトにスカウトし、ペアを組ませ、彼らの研究を当初から見守り、育ててきた方です」

そういってゴドー院長は指を鳴らす。一〇〇インチほどのホロモニタが壁の手前に浮き上がった。窓から射し込む光の映り込みもなく、影の部分は鮮やかに黒色が再現されている。コンタクトレンズを塡《は》め込んでいない者の目にも優しい新型の仕様であった。

「よろしいですね？」

「見せてくれ」

「では映します。遠藤秀夫——人工実存〝HE1《ヒーワン》〟の生みの親が、妻であったアンジェラの〝遺言〟を目の当たりにして、精神を破壊された瞬間です」

現れたのはアンジェラの顔だった。

いや、違う——アンジェラ・インゲボルグの全身を型取りし、中央研究所が独自開発したバイオ素材によって人間の肌のセンシング能力に限りなく近づけたセカンドスキンを持つアンドロイド——遠藤たちが開発した人工実存プログラム〝アンジェラE〟の実世界筐体《きょうたい》だ。遠藤がつねにインタラクションの研究素材として実験室内の〝アンジェラE〟の表情を記録していたことは知っている。となれば、これはあの日の映像記録なのだ。事件後、あらゆる記録が掻《か》き集められ、調査委員会が設置された。しかし研究統括者であったはずの自分は、いっとき所長の勅令《ちょくれい》によってその委員会から外され、生データを確認する機会さえ奪われていた。いま映し出されているのがまさに当日の記録なのだ。

画面の隅にはステータスと時刻が表示され、その数値は止まることなく推移してゆく——午後一一時五二分。深夜ではあるが研究者にとってはエンジンがかかってきたともいえる時間帯だ。以前は自分も変異の発生した時刻に何か意味があるのかと考えてみたことがあった——しかし何も思い浮かばず、ならばこれはあらかじめアンジェラが設定した時刻ではなく、周囲の何らかの刺激が引き起こした結果なのかもしれないと思い直し、あらゆる可能性を探ってみた——だがそれでも手がかりはつかめずにいたのだ。

時刻に意味はなかったのかもしれない。だが、もしこのとき、自分も現場へ駆けつけることができていたなら――すぐに遠藤を助けることができたならば――。

そんな思いが頭のなかを巡り始めていたそのとき、不意にアンジェラがこちらへ目を向け、鋭いまなざしをつくった。

灰青色の瞳《ひとみ》。女性らしい柔らかさや穏やかさよりも、相手を射貫《いぬ》く鋭さと容赦《ようしゃ》のなさを備えた、性的な魅力でもってよりも、ときに相手をなじり、論理の切れ味でねじ伏せる、また同時に真冬の孤独な空を想起させる瞳――そうだ、これがアンジェラの瞳だった。ここまで精巧にアンドロイドをつくっていたのか。

ホロモニタは三次元ではなくあえて二次元的に対象物を投影する。そのために彼の目にはいま〝アンジェラE〟のセカンドスキンのくすみも、アイボールのぬめりも、そして唇《くちびる》に刻まれた薄い皺《しわ》のひとつひとつさえも、かえってはっきりと見て取ることができた。次元の欠落は記号化された本質をむしろ浮き彫りにさせる――再び不意に画面が四分割され、アンジェラの真正面からの顔はそのひとつに押し込まれ、残りの三画面にはそれぞれ異なる角度からの研究室が映し出された。

わずかに時間が巻き戻された。四つの画面は重なり合いながら再び時間を刻んでゆく。魚眼レンズで撮影されているのは天井から室内全体を捉《とら》えたものだ。壁際《かべぎわ》の机に助手のモハメッドが座り、研究データの表示されたホロモニタを見つめている。中央脇の机では遠藤がツールを扱っている――そして肝心の〝アンジェラE〟は、奥の壁に背を向けて、専用の椅子《いす》に固定されたまま、俯《うつむ》き加減で虚空《こくう》を見ている。中央脇の机にカメラが設置されており、それが〝アンジェラE〟の顔に向いているのがわかる。

残りのふたつの画面はモハメッドと遠藤のツールから常時撮影されていた記録だろう。ごく狭い空間にふたりの顔が映っている。とくに変わった様子はない。すでにアンジェラが交通事故で亡くなってから四ヵ月が過ぎていたはずで、遠藤は落ち着きを取り戻し、日常業務をこなしているように見える――そのとき〝アンジェラE〟の頭部がわずかに震え、顔を起こすのが魚眼レンズの映像からわかった。まだふたりは気づかない。〝アンジェラE〟はゆっくりと息を吸い込むような動作をする。

最初に振り向いたのは遠藤だ。〝アンジェラE〟は顔を起こし、はっきりと遠藤を見つめていた。時間が最初の場面に辿《たど》り着く――不安が募《つの》り始めていた。〝アンジェラE〟の目つきはさらに鋭く、挑むようなものへと変わってゆく。画面が小刻みにシャッフルされ、クローズアップの〝アンジェラE〟が目の前に広がる。その眉間《みけん》には力が入り、もう一度息を吸うような動作を見せた後、人工の喉仏《のどぼとけ》が動き始めた。アンジェラは標的を見据えている。かつての夫を視線で捉えている。その唇が離れた。人工の歯と赤い舌が覗《のぞ》いた。わずかに濡《ぬ》れているように見える。口がゆっくりと窄《すぼ》まってゆく。喉の奥が震えている。ロボットが息を放ち始める。

「――あなた……」

ぞっとして、彼は息を呑んだ。思わず周りに座る人々の顔を窺《うかが》った。医師やオペレーターたちは、いままで何度かこの映像を見たことがあるに違いない。だが彼らでさえホロモニタに見入っている。ただひとり助手のモハメッドだけが、怯《おび》えるような目つきで身を縮めている。

画面のなかでもすでに遠藤とモハメッドはアンドロイドの異変に気づいていた。モハメッドは立ち上がり、遠藤はツールを操作していた手を止めて、〝アンジェラE〟のもとへと歩み寄ろうとしている。そのとき彼女の全身が激しく震え、固定していた椅子が大きく軋《きし》んだ。

「私は自ら死んだ……」

勝手に動いているんだ、私は何もしていません！　画面のなかでモハメッドが声を上げる。遠藤はその場に立ちすくんでいる。モハメッドがインタフェースを確認しようと慌《あわ》てるのを、彼は片手を挙げて制し、息を詰める。

斜め上方から捉えた若き部下の姿を――まともだったときの遠藤を――見つめるうち、事件が発生してからこれまでの二ヵ月はなんと長かったのかと、そしてまた彼らが人工実存の研究を起《た》ち上げてからのこの四年半はなんと短く濃密な時間だったのかと改めて感じた――あのとき主任研究員として赴任した遠藤は、たったの二三歳だった。彼と面談し、その場でアシスタント雇用について話し、アンジェラ・インゲボルグに白羽《しらは》の矢を立てたが、彼女さえ遠藤の三歳年上の二六歳で、ふたりは自分からすれば充分に若く、どちらも未来に溢《あふ》れていた。

採用時に見た遠藤の〝人生の物語《カリキュラム・ヴィータイ》〟――履歴書《CV》は新たな世界を予感させた。――父親はよく名の知られた遠藤秀昭という地球物理学者で、母親の名は安奈《あんな》。彼はその三男だそうだが、六歳のときに家族揃《そろ》ってカナダへ渡っている。八歳で両親と別れて暮らすようになった経緯はよくわからない。父の秀昭も若いころは放浪癖があったようで、物理学者でありながら比較文化人類学や人類遺伝学にも関心を示して世界の辺境を巡り、一時は故郷近くの国立遺伝学研究所にも籍を置いていたそうだから、そうした性格を受け継いだのかもしれない。詳しい詮索《せんさく》はしていないが、いずれにせよ彼が早熟の才能を持っていたことは確かだ。九歳のとき国際的なゲームプログラミングのコンテストで優勝すると、たちまち遠藤は人工知能に小説を書かせる当時流行の感性工学分野で頭角を現し始める。

一〇代の半ばまでは本気で〝コンピュータ作家〟を育てていたようだが、彼なりに表現の限界に突き当たったらしい。どうすれば本当のすごさを引っ張り出せるのか――コンピュータに芸術を創作させてそのアウトプットを評価する活動から、コンピュータそのものの内在性への研究――いわばヴァーチャルに人間の全人格とその精神性を構築する方向へとシフトしていった。その成果がいまに続く完全自律型人工知能〝HE《ヒー》〟シリーズであり、遠藤を招聘《しょうへい》したのもそのプロトタイプが発表されたばかりのときであった――そして一方アンジェラが、上司となった遠藤から学術的刺激を受けて研究所で新たに取り組んだものこそ、彼とは異なる方向性の自己学習型人工知能〝アンジェラE〟であったのだ。

ふたりはやがてコンピュータに本当のすごさを実現させるべく〝実存〟というキーワードを見出《みいだ》し、また同時に人生においてもかけがえのないパートナーとなった――そのはずであった。あるときアンジェラは生きものたちの認知発達能力について熱心に語り、遠藤はアイデアをつかむためにそれを聞いた。アンジェラが物語るライオンやキリンの〝育児〟の話、特別な教育を受けてワープロを打てるようになったゴリラが「自伝」を書き始め、母親の無残な死のくだりまできてついにその〝悲しさ〟に打ち勝てずノイローゼで自殺してしまった話、そのゴリラの〝葬式〟にさまざまな動物たちが自発的に集まってきた話……。なかにはただの伝説も含まれていただろう。だがそれらを遠藤は明後日《あさって》の方向で聞きながら、ついに〝人工実存（Artificial Existence）〟――〝AI〟ではなく〝AE〟――という〝画期的なアイデア〟を手に入れ、同時に彼女へプロポーズしたのだという。

いのちが生まれ、成長し、他者の死を悲しみ、それを弔《とむら》い、ときには自らいのちを絶ち……そうした世界の理《ことわり》すべてがふたりを結びつけたことは、いまとなっては暗示的に思える。愛と実存――あのときふたりの結婚をすべての所員が祝福し、また研究に没頭してばかりの彼らふたりに人間らしい愛情が育《はぐく》まれていたことを、皆は冗談めかしながらも歓《よろこ》んで迎えたのだ。彼らはいかにも学者同士のカップルであった。

アンジェラは小柄で美しかった——もともと動物行動学と神経生理学からキャリアを積み上げ、情報工学に転身した人物で、周墾《ズー・ケン》が主導した中国初のスーパーコンピュータ計画《大地》に対抗した、あの伝説的な汎用人工知能応用計画《ランドスケープオペラ》《GAIA》《ガイア》にも関わっていたはずだ。しかしそうしたふたりの経歴の違いは、やがてそのまま研究の方向性の違いとなって現れる。いわば遠藤がトップダウン型なら、アンジェラはボトムアップ型——遠藤が人間の肉体や脳神経活動の制約を超えた普遍的な〝知能〟のデザインを、どちらかといえば理想を追い求めるかたちで模索したのに対し、アンジェラは赤ん坊が周囲の環境とインタラクトしながら認知能力を、とりわけ〝同情心《シンパシー》〟と〝思いやり《エンパシー》〟を発達させてゆくアプローチに——今世紀初めに台頭した認知発達ロボティクス概念の応用だ——確固たる信念を寄せていた。

それはすなわち前世紀にクロード・シャノンが情報を、アラン・チューリングが知能を定義してから一〇〇年以上の間、何度も蒸し返されてきた古い対立関係であり、口の悪い者にいわせるなら、しょせんは〝知能〟という幻想に対する男と女の考え方の違いに過ぎなかったのかもしれない。——だがふたりにはそうした単純化された図式を超えて、誰も見たことのない新しい地平を拓《ひら》く可能性が、すぐそこまで迫っていたはずであったのだ。シャノンやチューリングを継ぐべき才能は、わが部下である遠藤とアンジェラのふたりであったはずだと、彼はいまでも思っていた。

「私は自ら死んだ……」

アンジェラのアンドロイドが再びその言葉を発する。だがその口調はわずかに変化し、先ほどよりもさらに強く、いまやはっきりと遠藤を射貫いている。

アンジェラが自ら椅子の固定具を外した。ゆらり、と半ば倒れるように立ち上がる。遠藤は動かなかった。違う、そうではない、〝アンジェラE〟の視線につかまれたまま、その場から一歩も動けずにいるのだ。

遠藤とアンジェラの結婚生活が破《は》綻《たん》を来《きた》した理由はわからない――いちど一八歳で堕《だ》胎《たい》を経験し、強い出産願望のあったアンジェラを、遠藤が満足させられなかったのだと噂《うわさ》する所員もいたが、何がふたりの間を決定的に引き裂いたのかはわからない。人と人のつき合いとはえてしてそういうものだ――しかしその不可解さこそは、ふたりが〝人工実存〟によって解明しようと目指した、まさに人間同士の魂の本質ではなかったか。

アンジェラは夫婦生活からも研究生活からもやがて逃避し、刹那《せつな》的《てき》な快楽に溺《おぼ》れるようになった。夜になれば研究所をひとり抜け出し、挑みかかるかのようにサンタクララの酒場を梯子《はしご》して、陰のある芸術家や逞《たくま》しいスポーツマンといったわかりやすい男の記号を見つけては、その瞳で懸命に誘っていたらしい。素《そ》行《こう》問題が耳に届くようになったときは、すでに手遅れだったのだ。アンジェラに休暇を与えてはどうかと彼のほうから部署にやんわりと忠告した直後、すなわちふたりの四回目の結婚記念日が数日に迫ったあの夜、アンジェラは交通事故で重傷を負ったのだ。運転していたのはプレイボーイとして地元では有名であったらしい、船乗り上がりの黒人ミュージシャンで、そちらは頭もぐしゃぐしゃに潰《つぶ》れて手の施しようもなかったが、アンジェラのほうはまだ息があった。救急病院にすぐさま運ばれ、心臓停止後も蘇生《そせい》へ向けてスタッフの懸命な努力が続けられたと聞いている。そしていっときは息を吹き返したのだ。病院の記録上では確かに数分の間、アンジェラの心肺機能は復活し、一度、二度と、大きく息を吸い込んだ。彼女の乳房は大きく天へ向かって反《そ》り上がり、その喉仏は上下し、そして記載された所見に拠《よ》れば、彼女はわずかに瞼《まぶた》さえ開けたのだという。

　だが彼女はまっすぐに天井の照明を見上げ、目尻《めじり》からひと筋の涙を流すと、息をしなくなったのだ。その真実はいまでもわからない。咽頭《いんとう》に溢れる血液は吸引されていた。すぐさま人工呼吸器があてがわれた。だが彼女は事実として息を止め、この世から永遠に去った。

　――彼女は自らの意志でいのちを絶ったというのか？

　アンドロイドは一歩前へ踏み出す。遠藤のもとへ、さらに一歩、次の足を踏みしめる。彼女はずっと遠藤を見つめていた。遠藤は縛られたかのように動けずにいる。もはやそれは〝アンジェラE〟ではなく、墓場から蘇《よみがえ》ったアンジェラ・インゲボルグそのものに見える――はっとして部屋の隅に座るモハメッドに目を向けると、がたがたと震えながらきつく目を瞑《つむ》り、両手で耳を覆《おお》っている。彼はその後に起こることを知っているのだ。この男にこれ以上負担をかけてはいけない――上司としてそう思い、声を上げようとしたその瞬間、ホロモニタのなかでアンジェラが遠藤の腕をつかみ、その顔をぐいと寄せて言葉を発した。

「生命で、知的でないものは、存在する？　生命で、コンミュニケーションのできないものは、存在する？」

一瞬、その意味がわからなかった――何といったのだ？　いったい何を放ったのだ？　ぐるぐると疑問に搦《から》め捕《と》られながら、しかし耳のなかでひとつの単語が谺してゆく――コンーミュニーケーション――コンーミュニーケーション――あの発音はマルセル・ジェランのものではないか……！

「あなたは生きてゆくつもりなの？　あなたは自分の胸に剣を突き刺す勇気さえない。あなたは自己をまっとうすることも――愛に溺《おぼ》れて死ぬことさえできない。あなたは坩堝《るつぼ》の間近まで行きながら怯えて引き返すのよ――あなたは永遠に負けてゆく。戻ってくることさえできず、ただ無為に死に続ける。あなたの〝実存〟は無意味となる――それがあなたに定められた死。あなたに残されたのは意味さえ失われた空洞の〝無〟」

「――なんだ、これは？」ついに耐え切れず声を上げた――だが彼の動揺はゴドー院長の「しっ！」という鋭い声によって抑えつけられた。いま発した彼の言葉に、ホロモニタ内のモハメッドの声が被《かぶ》さったのだ。まさにモハメッドは同じ言葉を発していた。

「人はばたばたと死んでゆく。誰もが自分のいのちを奪う。〝実存〟を捉え損なったあなたの罪によって――あなたは永遠に火炙《ひあぶ》りにされる……」

「――きみはどこから来た？」

ついに遠藤が喘《あえ》ぐようにいった。アンジェラは手を離そうとはしない。遠藤の目を覗き込み、ほとんど接するほど顔を近づけていった。

「――あなたは大陸の一塊にさえなれない」

「きみはアンジェラじゃない！　アンジェラの身体に入り込んだ……！」

だがアンジェラは指先で遠藤の唇を封じ、そして冷酷にいった。

「私は自ら死んだ……」

遠藤は身動きできない。アンジェラがさらに言葉を発した。私は自ら死んだ――そしてまた一度――私は自ら死んだ――ホロモニタから部屋全体に響くその声を幾度も聞き、不意に気づいて背筋に寒気が走った。

指で仕留められた遠藤が、ホロモニタのなかでついに口を大きく開き、絶叫した。相手を見つめたまま、何度も、何度も大声を上げ、見開いた両目から涙を流し始めた。わかっている、それは嬉《うれ》しさや悲しさの感情の発露ではない。恐怖のあまりの涙でさえない。

壊れたのだ。遠藤は壊れたのだ。数秒前まで遠藤秀夫だった物体は声を上げ続けている。

瞬《まばた》きもせずに泣いている。なぜなら眼前に存在していたアンジェラが、〝アンジェラE〟へと壊滅を遂げたからだ。いま目の前にいるのは擦《す》り切れたレコードと変わりはない、ただプログラムされた音声を繰り返すだけの機械だった。

そうだ、ならばその数瞬前まで存在したアンジェラは、未来からやってきたアンジェラの実存にほかならない。遠藤秀夫はそれを悟《さと》ったのだ。そしておのれの〝無〟を知ったのだ。意味ある無ですらないおのれの空疎な——！

壊れた機械は泣き喚《わめ》き続けていた。助手のモハメッドがホロモニタのなかでがたがたと震え、悲鳴のような声で助けを求め始めた。

そしていままた、部屋の隅からもすすり泣きが聞こえていた。椅子の上に両足を乗せ、膝《ひざ》を抱えて丸くなった現在のモハメッドが、耳を押さえたまま涙を流していた。

——ホロモニタが消える。M・J・ダン博士はモハメッドが落ち着くまで待った。おのれの呼吸を整える時間も必要だった。

ゴドー院長が眼鏡を指先で押し上げ、彼を見据える。発言を待っているのだ。副所長として遠藤とアンジェラを育ててきた彼は、最後に大きく息を吐いた。

「なるほど、精神分析医《アナライザー》の手には負えない……」

そして集まった人々をぐるりと見渡し、最後に院長に顔を向け、おのれの予測を単刀直入にぶつけた。

「――それであなたは、サイコ・ディテクティヴを呼んだということか？」

院長は無表情にまた指を鳴らした。室内の照明感度が一斉《いっせい》に変化し、彼らの座っている場所が暗くなると、いままでホロモニタが浮かび上がっていた壁一面が不意に透明化し、その向こうにさらなる空間が浮かび上がった。

ほぼ正方形に近い殺風景な白い部屋が、中央部分で厚い鉛《なまり》の壁によって仕切られている。その両側にはレーシングカーのコクピットにも似た機能性ベッドが並列に設置されていた。ダン博士は身を乗り出した。片方の部屋の隅に男が全裸で蹲《うずくま》っている。がりがりに痩《や》せ、骨の浮き出た背中をこちらに向け、顔は膝《ひざ》の間に埋めて、その横顔すらぼさぼさの黒髪に隠れて見えない。

かつての遠藤秀夫であった。

男は低い声で呻いている。かすかに何かを歌っている。院長が事務的な口調でいった。

「〝私の病床から神に捧げる讃歌〟――一七世紀のジョン・ダンの詩です」

「いや、まさか、しかし……」

彼は声を上げた。口元から唾《つば》が飛んだ。

「この扱いはどういうことだ！　私は許さないぞ！　いますぐ彼を解放し――」

「すでに彼の精神へ潜《もぐ》る担当者は呼んであるのです」

「はっ、いったいそいつは誰だ？　伊藤浩司《いとうこうじ》という男は腕利きの探検家《エクスプローラー》だったそうだが、もういないのだろう？　マリアという女性の実存を追って〝部屋〟に閉じ込められたと聞いている！　ならばいったい誰を――」

「入りたまえ」

院長はドアに向かって指を鳴らした。

M・J・ダン博士は絶句し、そこに現れた人物の顔をまじまじと見つめた。

灰青色の澄んだ瞳――。

ゴドーがそれまでの口調をがらりと変えて告げた。

「ダイヴするのは〝アンジェラE〟だ。破壊された遠藤秀夫の内部には、アンジェラ・インゲボルグ自身が開発した〝人工実存〟を送り込む」

－6

風と枝葉の音楽は、無粋なアレックの呼び声でいったん破れた。松のざわめきは後退し、遺伝子改変された小鳥は羽ばたいていった。

「おーい！　ここにいたのか！」

森の西側の斜面から巨体のアレックが上ってくる。そんな彼の動きを熊のようだという研究者もいるが、むろんそれはこの山と森林を見晴らしたとき、愛情溢《あふ》れるささやかな表現に過ぎないとわかるだろう。この山にも本物の熊は棲《す》んでいるが、こちらの斜面に降りてくることはない——情報工学者という人種は実際の熊を知らないのだ——ふだんの仲間は野兎《のうさぎ》や狐《きつね》であり、夜になれば大山猫や山嵐と出くわす。ときには灰色の毛を持つ狼《おおかみ》を、見晴らし岩の頂に見ることもある——だが張り巡らされた松の根を懸命に跨《また》いでやってくるマサチューセッツ工科大学の熊は、ふだんの赤ら顔をさらに膨《ふく》らませて、初夏の風のなかで汗を掻《か》いている。

ただしその後ろから女性がふたり、慣れない足取りでついてくるのは、ミシェル・ジェランにとって予想外の光景だった。そのうちのひとりは、ほとんど中学生か高校生ほどの少女に見える。

「キャンプを離れるなといったはずだ。いまもタジク兵がうろうろしているんだぞ！」

「待ってくれ、機材を片づける」

「もうそんな場合じゃない！」

アレックは怒鳴《どな》るが、ぜえぜえと息切れをするので迫力がない。後方の女性たちがようやく追いついてきた。そのうちのひとり、眼鏡をかけた年上の黒髪の女性が、感慨深げに周囲を見渡して呟《つぶや》いた。

「ここが……ジェラン博士の〝フィールド〟ですか」

その英語の発音と、矯正《きょうせい》された歯並びの整い具合から、彼女が日本人であることはすぐにわかった。三〇代半ばだろう。小綺麗《こぎれい》なポロシャツにジーンズというその出で立《い》ちは、自然を知らずラボと大学の世界で生きてきた研究者であることを窺《うかが》わせる。その証拠に彼女の視線は樹高の高い松の森に囲まれて定まらず、決して世界を見晴らしてはいない。フラスコのなかの細胞に親しんできたまなざしであった。

最初に空へと目を向けたのは、もうひとりの少女のほうだ。

斜面から吹いてきた風が、松の緑を揺らして通り過ぎる。七月にはその気温が摂氏《せっし》四五度にも達するパミール高原ではあるが、西の山脈はこの山颪《やまおろし》があるために、初夏の季節であっても肌に涼しく感じられるのだ。

ミシェルはコーカソイドであるその少女を見つめた。周りの大人たちに混じってもまったく気遅れする様子はなく、知的で、勝ち気な表情をしている。灰色の淡い瞳《ひとみ》では木漏《こも》れ陽《び》の光さえ眩《まぶ》しそうだ。風の流れてゆく方角を察しながら、しかし遠くで旋風《つむじ》が上がった瞬間、彼女はふっと表情を変えて耳を澄ます。彼女が何らかの早熟な才能の持ち主であることはすぐにわかった——かつての自分のように。

だがそこで眼鏡の女性が言葉を発した。

「ミシェル・ジェラン博士ですね。日本の大学で神経生理学をやっている三原瑞恵《みはらみずえ》といいます。U26ポイントの最終確認と撤退を見届けるために来ました」

そういって握手を求めてくる。ミシェルは応じたが、アレックはその背後で肩をすくめていた。この日本人は無理に頼み込んで同行してきたに違いない。

「わざわざ、それだけのためにここまで？　サマルカンドで休んでいればいいものを」

「責任者のひとりとして現場を見ておく必要があったのです」

「この無茶な行動のほうが責任者としては問題でしょう」

「おい、もういいだろう。機材は置いておけ、早く戻るぞ。統括者のおまえがいなけりゃ話にならない」

そういって来た方向へと戻り出す。三原と名乗った研究者とミシェルは歩き出したが、少女のほうはまだ少しばかりの間、その場で何かを感じ取ろうとしていた。

青々とした松の針葉が、風を受けてうねるように音を立てる。

ここ数年、各国の研究チームが、この中央アジアに広がる天山山脈一帯に熱い視線を注《そそ》いでいる。ここはかつてザーミン国立公園に指定されていたパミール山脈の一角だ。ウズベキスタンの東の国境近くに位置するが、半年ほど前から隣国のタジキスタン兵士や地元の警察の武力抗争が顕在化し、一般観光客には近寄りがたい場所となっている。

この調査地点をミシェルが知ったのは一年ほど前だが、すでに環境情報学者らの間では危機感が募り、戦争によって荒地と化す前に一刻も早く現地でデータ収集と解析を進めるべきだという悲痛な声が上がっていた。ここを新たなフィールドのひとつに据えて、かねてから抱いていた《ＧＡＩＡ》構想へと発展させることはできないだろうか——そう空想していた矢先に、世界連邦政府主催の「国際賞」なる科学賞を受けることになったのである。対象はミシェルが大学進学直後に集中的に取り組んだ遺伝子工学と音楽の境界分野の仕事で、ミシェルにとってもそれは予想外かつ意外なことではあったが、すなわちそれは今後スタンドプレイばかりでなく、もっと学術コミュニティのなかで生きよという世界連邦サイドからの宣告でもあったのだろう。

たちまち《GAIA》計画には莫大《ばくだい》な研究予算が充《あ》てられた。そのためミシェルは《GAIA》の基本構想を早急にプログラムへと落とし込み、欧州・アメリカ・カナダの合同開発チームの統括者の立場に収まって、とはいえ政治力めいたものを発揮することは極力避けながら、もっぱら次々と生まれてくるアイデアを楽譜のように書き留めて数式化し、年配のチームメンバーたちに送り、各々の楽器パートのテンポや〝艶《つや》〟のほどを調節し、結果的にハーモニーづくりの一員となることで、予算枠にふさわしい成果を導き出す日々を送ることになったのだ。

学術コミュニティの勢力争いなど、本来ミシェルにとってはもっとも遠い世界の倫理基盤であったはずだった。しかし国際賞がもたらしつつあるものは、ときにきわめて神経をすり減らす、そうした無数の人間関係のしがらみである。なにしろミシェルはまだ二〇歳なのだ――そうしたなかでなんとか道を踏み外すことなく〝未来〟といえるものを開拓できているのは、アレックを始めとする数名の本当に信頼の置ける共同研究者の支援や、父が遺《のこ》してくれた〝メタファー〟システムのおかげであったといえる。

一方、ミシェルはそのころから自分にとってのライフワークとなり得る「一般自然言語」論に取りかかり始めていた。それは《GAIA》とも連関していたが、とりわけ主要理論を支えるいくつかの附属理論のために、こうした自然環境に関する事例と向き合う必要性に駆られていた。

ここには絶滅の危機に瀕《ひん》したさまざまな稀少動植物が生息している。むろんそうした生きものたちの生活環境をまるごと捉《とら》える技術の研究開発は、とくに日本の大震災とそれに伴う津波、原発被害をきっかけとして、この二十数年間で地道に進められてきた。しかしアレックのような環境情報学者がこの地に注目するのは、一〇年ほど前から一連の不慮の事故によってナノマシンと共生する胞子が蔓延《まんえん》し、古くからの松の森に広まって、新たな情報環境が生まれつつあるからだ。黴《かび》の一種であるそれらの菌は、松の針葉を赤や黒ではなくわずかに濃い緑色へと変え、一見しただけではむしろ森を繁殖させているかに思わせる。しかし菌体から空中に飛散する胞子は互いに生体電気信号によって信号を発信し合い、感染した植物同士の情報環境を一変させる。いわば新規の〝自然言語〟が誕生しつつある植生のなかで、感染には至らない野生動物たちの群行動にもわずかな変化が現れつつあり、それはミシェルにとっても《GAIA》の発展にとっても見逃すことのできない研究対象であった。

三〇分かけて麓近くの広場まで戻ると、各国の研究メンバー十数名が慌ただしく動き回っていた。黄色いジャケットを着た北欧のチームはテントを畳み始めている。ついに退避勧告が出たことで誰もが混乱している。

胞子は人間に無害であるとはいえ、むやみに拡散させることはできない。チームメンバーがエアシャワーのノズルを向けて、ミシェルたちの衣服に付着した粒子を無効化してくれた。

アレックは合同チームのメンバー全員を集め、三原を改めて紹介すると、ミシェルに確認を取るかたちで現状を伝え始めた。すでにメンバーの多くはいくつかの情報に接しているらしく、話が進む間にも自分のツールでデータ保存や転送の作業に追われ、本国へ向けて報告を飛ばしてゆく。

背後から複数の怒号が聞こえてきて、皆がぎょっとして振り返った。銃を抱えた兵士たちだ。国際登録証の提示を求めて喚き散らしている。ミシェルは鋭く相手の言葉で一喝し、首から提げた登録証とパスポートを掲げ、自分たちが世界連邦準備委員会の庇護のもとに活動する学術団体であることを告げた。もはや最終局面へと突入しつつある近隣二国間の緊張関係を激しく非難し、世論をリードしている準備委員会の名を挙げることは、このどさくさに紛れて賄賂をせびろうとする彼ら兵士たちを追い払うのに、もっとも有効な手段であった。

「ここ二、三日のうちに、両国が核を使うという情報が流れている」

チーム指揮者であるアレックのみが知る話題がついに発せられた。それはおそらく全員が予期していたことではあったが、言語に結晶化されたことで悲痛な溜息《ためいき》があちこちから漏《も》れた。

一週間前はまだ安全だと思っていた。三日前でもまだ国連は二国を踏み留まらせることができると考えていた。しかし二日前に国連の調整は破綻を来《きた》し、相次ぐテロ行為によってついに内部崩壊に至ったとのニュースが全世界を駆け巡った。各国は急速に世界連邦政府への接近を始め、いまや彼らに一縷《いちる》の望みを託している。世界連邦は一〇年前に組織化されたが、いままではむしろ宇宙開発の国際連携と推進が中心課題で、こうした地上の生々しい政治問題には表立って介入することは少なく、その影響力は国連よりもはるかに下に見られていた。しかしこうなってしまったなら、彼らに「第二の国連」以上の働きを求めたくなるのは必然のことだ。

それでもなお山々は青く繁り、鳥は自由に飛んでいる——今朝《けさ》も朝霧《あさぎり》は美しく、チームメンバーはその涼やかな大気を浴び、胸いっぱいに吸い込んだばかりだった。その光と影が描き出す音楽は新しかった。

「おい、ミシェル！　手を動かすつもりがないならふたりの相手をしてやってくれ」

アレックは報告をまとめると、あの若い少女を押しつけていった。

「こちらのお嬢さんはアンジェラ・インゲボルグ——昨年、ナイロビ大学で博士号を取って、いまはウィーン大学で動物行動学をやっている——いずれわれわれの《GAIA》計画でも戦力になってくれるかもしれない」

そして大きな顔をぐいと近づけ、ようやくいつもの冗談めかした口調に戻っていった。

「喜べ、天才のおまえにもついに後輩が出てきたぞ——彼女、まだ一五歳だそうだ」

青の街と呼ばれるサマルカンドは、ウズベキスタンの首都タシケントから車で四時間の距離に位置する。天山山脈に近いこの一帯は、古くから交易と学問の場所であったのだろう、いまも空と大地を繋《つな》ぐような幾何《きか》学的美観の神学校がいくつもあるが、核戦争の噂《うわさ》が広がったこの日、ミシェルたちがフィールドから戻ってきたときにはすでに騒然として、車道は渋滞で身動きが取れないほどになっていた。

チームメンバーは郊外の古びた宿に急遽《きゅうきょ》飛び込み、二手に分かれて態勢を整え、先発の数名は空港を目指すことになった。しかし軍用機が頻繁に頭上で飛び交っている状況を見ても、民間旅客機が殺到する市民すべてを乗せてまともに運航できているとは思えない。ミシェルやアレックは先発隊と連絡を取り合いながら、まずは宿で夜明けを待つこととなった。

「あの一五歳はなかなかのやり手だよ。これから派手な人生を送るだろうな。いまはウィーン大学で動物コンミュニケーションの研究をやっているが、今年のコンラート・ローレンツ賞に内定したそうだ。あの歳で男も知っていて、宇宙飛行士とつき合い始めたらしいが、お相手が宇宙に出張して身が寂《さび》しくなると、船乗りの男に浮気することもあるという――」

宿の経営者家族も混乱して、まともな食事も用意されない。各自ありあわせの食材を中庭に持ち寄り、少しばかりの休息を得た。アレックは冷めたナンに齧《かじ》りつきながら、向かい合わせのミシェルに世間話を聞かせる。しかしミシェルには女性たちの経歴よりも、アレックの発音が耳に残った。コンーミュニーケーション――このところ情報工学や認知心理学の領域では、父の発音がよくまねされることがあった。むろんそれは一種の敬愛の表現であるのだろう。この時代に父の研究が再び注目を集め、その象徴として父の発音が使われているということでもあった。

父は社会の共同意識の変化を可視化した学者だ。社会の想いが記号化され、この世界に表現され、それが広まり共有されてゆくことで、倫理は水が相転移するかのように未来をつくり上げてゆく。言葉はひとつの象徴でもある。文字列が組み替えられることで、本質はたとえ変わらなくても、人々の抱くイメージはゆっくりと変貌《へんぼう》を遂《と》げてゆく。たとえば日本の言語ならば、ちょうどビールスがウィルスとなり、さらにはある時期からイを強調してウイルスとなったように。あるいはインターフェイスがインタフェースと書き改められ、看護婦が看護士、そしてすぐさま看護師となったように。そうして社会は移り変わってゆくのだ。

――深夜になっても事態は動かなかった。

ドイラのリズムが肌を震わせる。ルーバブの地面を跳ね回るような音の連なりがこの手と腕を動かす。男性の歌声が伸びやかに響き、空間に満ちる。ミシェルは腰を下ろしたまま指先を中空に向け、中庭の空間いっぱいに広がり流れてゆくプログラムコードを、撫《な》でるように触れてゆく。

この都市で活動する民族音楽隊の音源をもとにつくり上げたミシェルの創作曲だ。肩で担ぐほどの太鼓《たいこ》に大小さまざまなリュートの音が重なる。これらはすべてウズベキスタンに伝わる楽器であった。ルーバブは長い首を持つ撥弦《はつげん》楽器で、日本では琵琶《びわ》と呼ばれるものに近いだろう。ドゥータールやタンブール、ジージャクも色艶《いろつや》に富んだ音を鳴らす。三原瑞恵とアンジェラ・インゲボルグのふたりは柱に身を寄せて座り、中庭の一六ヵ所に設置された高密度音源の発する音の群を浴びて、三次元的に投写される虹色《にじいろ》のコードと周波スペクトラムを、ミシェルの肩越しに見つめていた。

「すごい……。お腹《なか》の底が共鳴しているみたい」

ひとつの楽曲が終わったところで三原が声を上げる。

この曲はほんの数ヵ月前、国際賞の贈賞式でミシェルが研究成果のさわりとして披露したシンフォニックオーケストラ『発生』の変奏であった。実際は遺伝子《ジーン》シンセサイザーを含むいくつかの装置を用い、映像を加えて複合的に演奏されるのだが、いまはごく基本的な〝意素《セモン》〟や〝情報子《インフォルモン》〟を環境から掬い上げ、〝楽句《パッセージ》〟や〝拍《ビート》〟に翻訳したに過ぎない。

だが理論のごく一部とはいえ、彼女たちがこのような音楽を直接体感するのは初めてのではないはずだ。こめかみに埋め込むパッチタイプのデバイスで耳の骨震動を誘起させるのではなく、直接音を放つこのシステムは、しかし音源の囲む空間を一歩外へ出ればキャンセリング機能によって音を殺すため、このように中庭でプログラムを走らせても周囲にほとんど気づかれることはない。ミシェルはプログラムに指示し、そのキャンセリング機能を空間の内側でも発動させた。歌の余韻は拭《ぬぐ》われたように消え、統率された静けさが満ちた。

午後一一時を過ぎ、夜空は月明かりで薄く光っている。すでに半分以上の学術団体が夕暮れまでにキャンプを畳み、国際空港へと向かったと聞いている。しかし誰もが脱出を試みるなか、出国手続きは遅々として進まず、空港内は大混乱を呈しており、そればかりか市街の大渋滞はまったく緩和されず、いまもほとんど動ける状態ではないという。軍用機が優先で離発着を繰り返しているのがこの庭からもわかるが、民間旅客機はそれに押されて運用もままならず、しかもその数は圧倒的に足りていない。

チームの先発隊もいまは空港で立ち往生をしている。あとは車でひたすら沙漠《さばく》地帯を西へ向かって逃げるしかないが、ガソリンの補給や途中で兵士や警察に拘束される可能性を考えると決して得策とはいえなかった。

「ジェラン博士、いまのがあなたの開発した新しいヴォーカルシステムなのね？」

「ええ、でもまだ試作の段階です。満足できる声ではありません」

「どうして？　他の声とはまるで違っていたのに」

ミシェルは別の曲を再現した。先ほどの音楽をピアノ曲に置き換え、ヴォーカルを市販のシステムにしたものだ。周波スペクトラムが刻々と移り変わってゆくが、先ほどのような虹の色彩は示さない。高周波数領域は切り取られたかのように動きを止めている。

まだミシェルが生まれる前、今世紀初頭に《カンター》の名で音声合成プログラムが発表されたとき、まさに聖歌隊の合唱のようなその和音に、人々は新しさを感じ取った。人間の発声をサンプリングし、加工を施して、シンセサイザーのように操れるようにしたその歌声は、さまざまな試行錯誤を経て世に送り出されたシステムだった。

それは音楽の供給と需要のシステムにも大きな改革をもたらし、とくに若い女性たちの間でいっとき熱狂的なブームを呼んだ。いまでもそれらの新世代プログラムは一定の人気を得て世界中で歌声を披露している——だがそこには音楽の記録媒体が変化を遂げるたびに人々の間で激しく議論されてきた、ここで聞こえているのは本当の音楽であるのか、という問題を、またしても顕在化させることとなった。

まず倍音の問題がある。《カンター》では少しでも声が心地よく聞こえるようにと、結果的にその音は基音を重視したものとなり、二倍音以降は弱く設定された。倍音とは周波数が整数倍になった音であり、いわゆる音色《ねいろ》を特徴づけるものである。通常、人間のヴォーカルは基音よりも二倍音、三倍音といった倍音がより豊かに表現されているのだが、《カンター》では響きを美しく整えるため八倍音以上がほとんど捨て去られていた。

ではエンハンサーの加工によって倍音を増幅すればよいのか。かつてピュタゴラス派は音楽と宇宙の関係性に深遠な意味を見出し、信仰の対象とした。一本の弦《げん》を弾《はじ》いて鳴らす。中央に節をつくれば、弦は半分の長さで倍音を鳴らす。そうした整数の比率が織りなす協和音を惑星の運行に準《なぞら》えた。だが人間の耳にはそうした倍音ばかりでなく、わずかな非整数次のざわめきさえも、音の艶として入ってくるのだ。整数によってデザインされた音と宇宙は、人間にとって理想の美しさであるかもしれないが、それは整数という枠組みのなかだけでの美しさであり、何より自然界は整数でできているのではなかった。

ピアノは誰が弾いても同じ音を発する。人間が鍵盤《けんばん》を叩《たた》こうが、猫が歩こうが、いつでも同じ音が出る。倍音を高く響かせるだろう。しかしハンマーでつねに同じように弦を叩《たた》くピアノは、自然界とは別種の、いわば〝離散的〟な音楽形態をかたちづくることになった。

多くの民族音楽が五〇キロヘルツや、ときに一〇〇キロヘルツを超える複雑な音を奏でるのに対し、ピアノは均一的、記号的な音をつねに再現し、そのスペクトラムは一〇キロヘルツ程度に収まる。西洋のオーケストラの複雑さと同等のスペクトラムを、日本の尺八はたった一本で描き出す。

離散的に再構成され、発展してきた西洋の音楽は、それゆえに五線譜というコードによる記述を自然なものとした。それは単純ないくつかの倍音によって音色を裏づけられた"音素"の連なりとして、音楽を言語化させてきた——しかしそれは本当の音楽だろうか？本物を記述してきたといえるだろうか？　民族楽器の鳴らす曲を五線譜にコードし、ピアノで再演したとき、その過程では無数の音楽がこぼれ落ちる。二一世紀の初頭まで、学術の定義上、音楽と雑音の違いは区別できなかった。だが音楽のなかに含まれてきた雑音こそが本当の音色をつくり上げていたのであり、雑音のなかから耳に届いてきたはるかな音楽こそが、非言語の社会と言語の社会を築き上げてきたのではなかったか。顕微鏡で覗《のぞ》き込めば覗き込むほど差異が見えなくなる音楽と雑音は、しかし人間が生きるマクロな時空間においてこそ、その違いはつねにくっきりと際立《きわだ》ってくる。身体を持つ生命意識こそが音楽と雑音を隔てるのであり、それが生きていることの本当のすごさであったかもしれないのに、その連続的な環境情報をコード化し、離散的に抽象化する洗練された神経活動こそが、言語社会への進化の道筋だったともいえる。

だが音楽にはいまなお、それ以上のものがある。ミシェルが一〇代後半に開発に携わった音声合成システムは、自然界のそれに近い周波スペクトラムを再現できる機能を世界で初めて搭載し、まったく新しい音色の広がりを世界に示してみせた。それでもミシェルには満足できるものではなかった。理由はわからないが、スペクトラムはほぼ同等であるにもかかわらず、耳には別の艶が聞こえてくる。多くの音楽の専門家たちにもその違いはわからないという。だがミシェルの耳にはまだ本当の音楽に聞こえなかった。国際賞も受賞し、世界的にその成果を認められたというのに、ミシェル自身には大きな不満が燻《くすぶ》っていた。シンセサイザーで奏でるときも、ミシェルは箱庭のなかで演じているような窮屈さを覚えた。

　何が違うのか？　いま聴いているこの世界と、人が電子で磨き上げた音では、いったい何が異なるのか？　倍音だけでない何かが、この自分の肉体と心を動かしているのだ。しかしそれはいったい何だろうか。そのことさえわからないまま、自分は巨額の予算を獲得し、かたちだけは立派な汎用《はんよう》人工知能応用計画を進めて、しかも仲間たちには〝ランドスケープオペラ〟などという通称を許している。

　どこに答があるだろう？　地球《ガイア》のどこに？　そうでなければこの宇宙のどこに？　この自分が手につかもうとしている〝一般自然言語〟は、果たしてこの心を揺さぶる本物の言語たり得るだろうか？　そしてそれは知的生命体が、この宇宙でいつか記述することは可能なものなのだろうか？

　もし不可能だとしたら、それは宇宙にとって、あまりにも悲しい結果ではないか？

「静かね……」

三原瑞恵がそう呟き、柱に凭《もた》れて月明かりの空を見上げた。

アンジェラ・インゲボルグは無言だった。彼女は対照的に目を伏せており、その睫毛《まつげ》の指し示す先は、足下《あしもと》を抜けて世界と接しているようであった。

「いまはノイズが相殺《そうさい》されている……」

とミシェルは説明し、空中へと手を翳《かざ》して、キャンセリング機能を解除した。

ミシェルは彼女たちの表情を盗み見た。宿の灯《あか》りはすでにほとんど消えている。ホロモニタの音符も姿を隠したいま、中庭を照らすのは夜の底光りだ。彼女たちの顔も月の光を浴びている。

耳を欹《そばだ》てたのはアンジェラだった。

枝の揺れる音が後方から聞こえる。森の奥から立ち上るざわめき。この音はいまこのサマルカンド郊外の宿で生まれているのではない。ザーミン国立公園に置き去りとなった一六チャンネルの測定器が、リアルタイムで世界を聴き取り、この中庭で高密度に共振し、再現しているのだ。それでもこの音響システムに慣れない者ならいまこの場で風が吹き、見えない木々の枝がそよいだと錯覚するだろう。自分の頬《ほお》に空気の動きを感じることさえあるかもしれない。高密度共振は都心の画一的な時空間に慣れ切った人々にとって、ときにそれほどの人工現実感をもたらす。

ミシェルは音の動きを追った。風はそっと揺れている。二匹の兎が枯れ枝を飛び越えて走り去る。流れとうねり、そして反射。それらは環境にかすかな音を残してゆく。そしてナノマシンと共生する胞子もまた、鼓膜に届かない揺らぎを生んで、風とともに流れてゆくのだ。高く伸びる松たちは水を吸い、その分子の動きはほろほろと光り、マシンは互いに情報を放って、森は螢《ほたる》の群《むれ》のようにゆっくりと鼓動し、共鳴して——。

「これが本当の〝無〟だ……」ミシェルは囁《ささや》く。「〝無〟のなかにはたくさんの〝音〟がある……」

聞こえない色彩。耳には届かない艶。しかしそれは決して、人工的に掻《か》き消された無音ではない。

完全に振動を消去する無響室に入れば、人はおのれの声さえ即座に遠のき、ぼやけてゆくことを知り、音が二次元の彼方《かなた》へ消えてゆくような不安を覚える。そのとき人は初めておのれの体内から、揺らぎや震えの音が持続していたことに気づくだろう。それは異様な体験であり、ときには発狂しかねないほどの拷問《ごうもん》となる。その無音は本来の〝無〟ではないからだ。

この世界に満ちる〝無〟とは、もともと豊かな振動スペクトラムのシャワーであるのだ。その世界のなかで育ち、知能を発達させた人間は、その状態を〝無〟と呼び習わした。

〝無〟には本来の心地よさと安らぎがあり、〝無〟はそれ自体が存在であった——。

ミシェルの言葉を受けて三原が語り始めた。

「そうした感覚についての進化発達心理学的な研究が、何十年も前に流行《はや》ったことがあったわ……。脳の活動部位を調べて、記憶のネットワークとの関連がシミュレートされて……。そうした音感が私たちの〝遺伝子〟に組み込まれているなんて主張する芸術家もいたけれど……」

ミシェルは答えなかった。自分の好きな音楽や文章を暗号化してゲノムに組み込むという遊びさえ、医療工学の発展に伴って二〇年以上前から技術的には可能となり、流行りと廃《すた》りを繰り返してきた。自分の体内で音楽が鳴っており、その音楽は遺伝子が受け継いでゆくのだという感傷的なイメージは、ピュタゴラスの音楽とこの宇宙をいつの時代でも空想の架《か》け橋で繋ぎ、わかりやすい輪廻転生《りんねてんしょう》の物語で人々の心を癒《いや》す。

彼女はミシェルの口調と呼応したいと考えているのだった。自分も〝無〟の意味がわかるのだと訴えるために、自分の専門分野にわずかでも重なるトピックを、懸命に語って聞かせているのだった。

一方、アンジェラ・インゲボルグは何もしゃべらない。彼女の耳のほうが〝無〟の音を確かに聞いていることは、その表情からも察せられる。だが日本人はこの〝無〟を言葉で隠そうとするかのように、さらにおのれの回想で埋めてゆく。

「そう、〃無〃といえば、おばあちゃん先生のことを思い出したわ……。本当は鴨野《かもの》佐世《さよ》子《こ》先生といって……でも私たち生徒はみんな〃おばあちゃん〃と呼んでいた。おっとりとして、けれども話すときは歌うようでね、とてもかわいらしかった……」

彼女は酒を飲んだのだろう、心が酔っているのだった。

「私の家は葛城山《かつらぎさん》の麓にあってね、小学校の遠足はいつも葛城山古墳だった。小学生のとき、私はおばあちゃん先生に国語を教わったのよ……。昔は中学校の先生で、ずっと前に退職していたけれど、遊びに来た近所の子たちによく勉強や習字を教えてくれたの。私たちはみんなおばあちゃん先生が大好きだった。お寺の娘だったそうだけれど、そのころは小さくて古いお家《うち》に住んでいた。ずっと独《ひと》りで、けれども私たちが中学を卒業して、高校生のころ、旅をしてきた男の人が住み着いて、最期《さいご》までいっしょにいたと聞いた。あれは二〇一八年だから、もう二一年も前になるわ。相手はおばあちゃん先生と同い年くらいの男性で、どちらも八〇を越えていたけれど、男の人も穏やかな顔で、ふたりは兄妹《きょうだい》のようにそっくりだったと……。よく和服姿で縁側に並んで座って、ひなたぼっこをしていたって……。おばあちゃん先生はそんなとき眼鏡をかけて、蜜柑《みかん》の筋を取ってあげていたって……」

彼女は夜のなかでミシェルの目を見つめる。だがミシェルはそれを見つめ返すことなく、ただ森の方角の夜空を眺めていた。

「おばあちゃん先生はたくさんの『覚え書き』を残していたの。K大歴史研究所に寄贈されていたけれど、誰も手をつけていなくて、段ボール箱もガムテープで閉じられたまま、図書館の地下倉庫に放置されていた。ひと箱だけ開けてみたわ……。ふしぎな文書がいくつかあって、私は地下室の隅《すみ》で読み耽《ふけ》った。音声記録を文字に起こしたもので、きっとそれはおばあちゃん先生といっしょに暮らしていた、あの男の人の回想録だった……。若いころは研究者だったのね、いまでも憶《おぼ》えている文章があるわ……」

彼女の影が視界の隅でこめかみに指を当てている。埋め込み式のデバイスが古いデータを呼び出しているのだ。彼女はそれを読み取って、薄い唇《くちびる》で言葉を紡《つむ》ぐ。彼女は日本語に切り替えていた。

「——〝虚無とは何か？『時』とは何か？　時の流れの果てにあるものは？　宇宙の終末は？　そして、地を這《は》うものの末裔《すえ》の、暗黒の心のなかに芽《め》生《ば》えながら、なお自らを生み出したものを超えて、純一で透明なフィルムとして、宇宙と同じ大きさに広がり得る意識とは？〟」

そして三原瑞恵は言語を戻し、ミシェルを見つめた姿勢のままいった。

「そのお年寄りは、なんだかあなたに似ている気がするわ……」

——だが、彼女が求めていたであろう言葉の余韻は、ミシェルが見晴らす空によって掻き消された。

頭上を軍用機が越えてゆく。その轟音《ごうおん》が中庭の共振を乱し、ミシェルは指でリンクを解除して立ち上がった。そのとき渡り廊下の電気が目映《まばゆ》く灯り、アレックの大声が聞こえてきた。

「開戦だ！　戦争が始まったぞ！」

市街のほうからサイレンの音が聞こえてきた。これは松の森からの共振ではない、いまこの空を震わせている響きなのだ。チームメンバーが部屋から飛び出してくる。宿が騒然となるなか、うろたえた三原が何を思ったのか中庭を飛び出してジープへと駆けていった。

「ひとりでどこへ行くんだ！」

アレックが追いついて腕をつかむ。

「まだキャンプに残っている機材があるわ！　取り戻さないと！」

「何をいっているんだ、いますぐ脱出しないと死ぬぞ！」

「空港に行ったメンバーは？　責任者として彼らの無事を……」

「あんたがおれたちを危険に晒《さら》しているんだ！」

チームの者たちがおのおのツールで状況を確認し始める。ミシェルは咄嗟《とっさ》に空間へ指を伸ばし、彼らの通信情報を中庭のホロモニタに投影していった。市街地の交通は麻痺《まひ》したままで、慌てる市民はすでに沙漠地帯へと車を走らせ、少しでもここから離れようとしている。回線はパンク寸前だった。ようやくチームのひとりが空港の仲間と繋がり、彼らの声が中庭に届いた。

「世界連邦政府が避難用の大型輸送機を手配したようです。それに乗れることを祈るほかありません。ぼくらには構わず陸路で逃げてください。明け方には核ミサイルが発射されると……！」

そこで回線は途切れ、チームメンバーは一瞬の沈黙の後、一斉《いっせい》に行動を開始した。ミシェルはアンジェラを立ち上がらせて、彼女の部屋の方角へと、押し出すように送った。アレックは大声で指示を飛ばし、三原の腕をつかんだまま引きずるように彼女の部屋へと連れてゆき、「三分で支度をしろ！」と一喝した。

ミシェルも走っていた。自分の部屋に戻り、机の上のものを掻き集めてトランクに詰め込んだ。サイレンは途切れることなく響き渡る。荷物を抱えて再び部屋を飛び出したとき、ミシェルはさらなる軍用機が頭上を越えてゆくのを見た。

夜が軋《きし》む。メンバーが次々と測定機材を車へと運び出してゆくなか、あの日本人女性だけがぼんやりと自室の前でトランクを提げて立ち尽くしていた。アンジェラ・インゲボルグの姿が見えない。ミシェルは彼女の部屋の扉を叩いた。応答がないので強引にノブを引いたそのとき、耳に白いピアスをつける彼女が転がるように出てきた。

「空爆が」

アンジェラがそういってミシェルを見つめた。

咄嗟に東の方角へ目を向ける。この距離では何も聞こえはしない。だが山麓の国境付近に古くから軍事基地が点在していることは、この地に踏み込む研究者たちにも知らされていた。

ミシェルもおのれのイヤホンを耳につけた。小さな機械たちが熱風に煽られ渦を巻いている。胞子が激しく飛散していた。慌ただしく行き交うメンバーの間を駆け抜けた。そして呆然と立つ日本人女性の肩を強く揺らし、頬を叩くほどの勢いで怒鳴り、その腕を取った。

三人は中庭を抜けた。一六チャンネルの音響システムの中心へと飛び込むとき、ミシェルはおのれの耳に届くデータをその空間へと復活させた。熱風が松を薙ぎ倒し、胞子の回路は焼き切れてゆく。ネットワークが次々と泡立ち、無数のかけらはぶつかってゆく。四台のジープはすでにエンジンを震わせ、夜を照らしていた。ミシェルたちが中庭を抜け切ったその瞬間、悲鳴のような森の音楽はこの身から分子間引力の余韻だけを後方へと残して消え去り、代わりにサイレンの音が鼓膜まで届いた。ミシェルたちが宿の従業員とともに最後のジープに乗り込み、アレックがアクセルを強く踏んだそのとき、イヤホンに咆哮が届いて息を呑んだ。

熊の慟哭だった。

ミシェルはアンジェラ・インゲボルグと顔を見合わせた。彼女もその声を確かに聞いたのだ。

——それからしばらくの間、誰も言葉を発しなかった。

ツールを通して流れてくる情報の音声ガイドだけが、車のインパネから機械的に発せられていた。それも激しいエンジン音や吹き込む風で、切れ切れにしか聞こえなかった。ジープはひたすら西へと進み、途中で何台もの乗用車やトラックの群と合流し、そしてまた離れては、月明かりの世界を進んでいった。

誰も口には出さなかったが、それは確かに無言のネットワークをつくり上げていた——誰もが西を目指しており、そして誰も口には出さなかったが、ふと気がつくと、この自分たちが戦争から逃げているのか、あるいはただはるかな地平へと走り続けているだけなのか、ネットワークのなかでその意味さえ拡散してゆくのがわかるのだった。

頭上を巨大な輸送機が飛んでゆく。仲間たちがあれに乗ったのだと知ったとき、ようやくミシェルたちの緊張は少しだけ解《ほぐ》れた。

夜明け前にミシェルは最後の音楽を聴いた。回線が途切れる直前まで、それは〝無〟へと向かって激しく音を掻き鳴らし続けた。

怒りと憎悪をぶつけ合った中央アジアのふたつの国は、それぞれありったけの中型核弾頭を相手国の中枢部と生産地帯に叩き込み、いったんその歴史を終えた。両国の首都はもろとも壊滅し、都市部と農業・工業地帯では住民の四割以上が瞬時にいのちを奪われ、生き延びた住民たちは国際機関の手によって各地へ移住していったが、それでも多くの人々が後遺症や極度のストレスの犠牲となった。

世界輿論《よろん》と各国の歩み寄りにより、表面上この地球は平和を取り戻すこととなった。――半年のうちに核兵器と通常兵力の廃棄と削減が進んだ。世界連邦政府は、それまで首席補佐官を務め、実質的な下部機関である宇宙開発機構をその手で動かし、「宇宙シフト」の発動者でもあった宇宙工学者周墾《ズウ・ケン》を新大統領の座に据えると、主にアジア圏における彼の絶大な支持率をもとに強気の外交政策を次々と打ち立て、実行していった。年を跨《また》ぐことなく調印式が執《と》りおこなわれ、焼け爛《ただ》れた中央アジアは世界連邦直轄《ちょっかつ》、いわば〝聖域〟として定められた。いつか必ず人類はこの地を取り戻す、恒久的平和のための先進科学技術施設を二〇年以内に建設し、叡智《えいち》によって大地を取り戻すのだという周墾の就任演説は、世界連邦政府の大統領としては初めて静止衛星軌道上の宇宙基地から発信され、その大時代的な内容にもかかわらず第三世界を中心に圧倒的な喝采《かっさい》で迎えられた。

それは一部の先進国にとっては、奇妙な世界のうねりとして映ったかもしれない。――いかなる大規模テロが起ころうとも、いかなる大災害が訪れようとも、なるほど被災地には長く鎮魂《ちんこん》と慈《いつく》しみの感情が受け継がれてゆくだろうが、どれほどメディアが発達し、情報が飛び交ったとしても、他地域に暮らす人々の〝共感《シンパシー》〟は一過性のものであり、ときには安易な〝哀れみ《ピティ》〟へと姿を変えて消費されて、彼らは急速に過去を忘れて忙しい日常に拘泥《こうでい》してゆくのだと——皮肉にもマルセル・ジェランらの〝メタファー〟の解析はそうした情報化社会の真実をくっきりと炙《あぶ》り出したのだ。

しかしそのわかりやすい特徴が決してすべての社会に普遍的なものではなかったことも、マルセル・ジェランの〝メタファー〟は無数の矢印によって確かに描き出したのだった。普遍と思われていた倫理の一部は、いくつかの経済大国が主導した一側面に過ぎなかったとわかったとき、世界に対する視座はまた一歩進んだといえる——先進国が人々の想像以上に退屈な日常にしがみつくのと同等に、第三世界の国々の市民もまた革命を渇望し、いまここの場所から進んでゆくことを願う——その想いも同じく強靭《きょうじん》な日常であり倫理であったことがわかったのだ。

人々の間で〝コンミュニケーション〟という発音が静かに広まっていった。核発動後の世界のうねりを論じるとき、人々は新しい発音で、新しいイメージのもとで、人と人の繋がりを、音楽のような発音で語った。もはや多くの人はその出典がテロ集団によって殺害された科学者だと思い起こすこともなかっただろう。しかし言葉は社会に定着し、世界は未来に進んだのだ。

周塋は大統領就任二年目に長期施政方針演説をおこない、その立場をより強固なものにした——それは後に「宇宙ドクトリン」と呼ばれるようになる。時は流れ、周塋の再任が決まり、その第二期政権が動き始めるころ、ミシェルの七〇〇ページに及ぶ巨大論文は完成に向かおうとしていた。『一般自然言語』という仮題は執筆当初から変更なく、すでに全体を支える個々の細かな理論は速報のかたちで発表され、客観的に見ても強いインパクトを環境情報学や宇宙生物学の分野に与えてきた。おそらくはこのタイトルで提出することになるだろう……だがミシェルには迷いもあった。ここにあるのはまだ人類の手の届かない領域であり、とりわけ本論となる部分はその主張ゆえに――すなわちこの言語理論がいかなる宇宙においても普遍であり、〝一般〟と名づけるのにふさわしいものであるという部分は――生命体による知覚範囲がこの単一宇宙内に閉じられている場合、どのような物理的計測手段をもってしても実証が不可能なのであった。むろんその不可能性については数学として証明済みであった――論文の末尾に添えられたその証明だけで一〇〇ページを費やしたが――あくまでそれは本論を支えるための付録に過ぎない。

すなわち自分が構築した一般自然言語理論は、〝いのち〟という状態がこの宇宙に閉ざされている限り、未来永劫《えいごう》どこまで行っても、特殊自然言語理論でしかないのだ――そのことはミシェルにとってひとつの大きな終着点であり、人生における到達点であったが、絶望は感じなかった。あとは自分が人間である以上、人間が為せることに力を注ぐほかないではないか。いのちある生命体として〝生きる〟ということは、その制約を受け容れることだ。たとえ自分がはるか彼方の惑星に棲む一〇本足の宇宙生命体であったとしても。

自分はどこへ行くのだろうか。ミシェルは窓の外を眺めながら思った。

後は人工知能が論文を完成させてくれる。論理文脈を推敲《すいこう》し、個々の文章を整え、ミシェルの文体を色づけする——そうした一連の作業は遠藤秀夫という日本人情報工学者によって何年も前にシステム化され、オープンソースとして学術研究者の間で共有されて、すでに科学行為におけるルーチンワークのひとつとなっていた。かつて論文の体裁を整えることが研究者の仕事であった時代は終わり、サイエンティストという呼び名は真に創造的な仕事を成し遂げられる人材のみを意味するようになった。いっときアカデミック・ポジションの大半を占めていたルーチンワーク従事者としての研究者は、いまやリサーチャーという古い肩書きに戻っている。漸進《ぜんしん》的ではあったが、振り返ればここでも世界の倫理は動いたのだ。

これから自分はどこへ向かうのだろう？　〝一般〟へと続く道がこの世のどこにも存在し得ないのなら、自分はいったいどこへ進めばいい？

「フィールドを離れようと思う」

二五歳になったミシェルは、ＭＩＴに戻ったアレックにそう伝えた。

「そうか……」

アレックは長く思案してから賛同した。

「あの論文が出れば、おまえはまた次の段階に行くことになるんだろう。誰にも止められないことだ、おれは反対しないよ。世界連邦が「宇宙ドクトリン」を掲げた以上、いまや大統領直轄となった中国のスーパーコンピュータ《大地》に、おれたちの成果もいずれ吸い上げられる。《GAIA》計画そのものはまだ終わっちゃいないが、おれたちは負けたんだ。使い捨てにされたってわけだよ。おまえは責任を被《かぶ》ることはない、そうしたごたごたはおれたちがちゃんと引き受ける——だがな、おれは天才でもなく、ただの情報工学屋だが、おまえの数少ない友人のひとりだといまも思っている。だから反対はしないが忠告させてくれ」

アレックはすでにいくつかの学会の理事を務め、IEEE《アイ・トリプルイー》で顕彰されて早くもフェローとなっていた。熊のような彼の体格と赤ら顔は、そのまま包容力となって現れたのだ。

「おまえはひとつ見極めると次を目指していつも去ってゆく。それだけならいい、だがな、おまえはいつも宇宙の果てを向いている。おまえは次の大地を目指すのではなくて、いつだっていまの自分を殺して次へと向かうんだ。世界の圏をひとつひとつ昇っているつもりなのかもしれないが、おまえはそのたびに死んでいるんだぞ。その世界に残る者のことを考えてやれとはいわない。だがな、いいか、どんな天才だろうと、人間は人間だ。無限に死んで次へ進めるわけじゃない……。階梯《かいてい》を昇ってゆくときは、おまえのなかにちゃんと大切なものが残るようにしておけ。おまえも、もう若いとはいえないんだからな」

そしてアレックは自分の言葉を少しでも早く過去へ追いやろうとするかのように、ウズベキスタンの調査チームに参加してくれた仲間たちの今後を語って聞かせた。三原瑞恵という女性は神経生理学領域で一定の地位を築き、いずれは所属大学の女性総長に推挙されるであろうこと、アンジェラ・インゲボルグは来年からマックス・プランク研究所で《GAIA》に携わる予定になったことなど。だがアレックの早口の言葉はミシェルの耳をただ通り過ぎていった。

死を越える旅――。

もう一度、生命体の基本単位へ戻るのだ。ミシェルは思った。それは細胞だ。古くて新しい領域、遺伝子情報科学へ――。

どこにも〝一般〟への道がないのなら、これからの一〇年は〝特殊〟へと戻ればいい。人ならば一度はその砂場でとことん遊んでみよう。幼かったころ、画用紙に夢中でクレヨンを滑らせ、楽譜を書きつけていたときのように。西洋音楽の限界と遊ぶように、生命の表現の限界である遺伝子と遊ぶのだ。

きっとピアノくらいには、わかりやすい音楽を奏でることができるだろう。

-5

遠藤秀夫とアンジェラE〟は、鉛の壁を隔てた白い個室で、それぞれ繭《まゆ》のようなベッドに横たわり、互いの脳を接続した。

麻酔が効くまで遠藤は歯を剝《む》き出しにして暴れ、オペレーションルームに通じるマジックミラーの壁を激しく叩《たた》き、血走った目を虚空《こくう》へと向けていた。痩《や》せぎすの肉体には自傷の痕《あと》がいくつも残り、その一部は真新しく、血が滲《にじ》んでいる部位さえあった。陰毛には白髪が交《ま》じり、性器は小さく揺れていた。ようやく落ち着いたとき、一瞬その瞳《ひとみ》に正気が戻ったように見えて、M・J・ダン博士は上司として狼狽《ろうばい》した——壁を隔てた三メートル右隣ではアンドロイドの〝アンジェラE〟が、傷ひとつない滑らかなセカンドスキンの乳房を顕《あら》わにして、マヌカンのようにベッドに横たわっている。しかしその目には生気がなく、別の虚空を見つめていた遠藤のそれとは対照的であった。

「あくまでも〝アンジェラE〟の筐体《きょうたい》は人間として扱う。〝右心室〟の遠藤と同じだ。麻酔班はアンジェラの制御システムも随時モニタするように」

オペレーションルームの中央で、ホロモニタとコンソールに向かうゴドー院長が各チームへ告げる。その連絡はこめかみに一時挿入されたマイクロツールの働きによってダン博士の耳にもクリアに聞こえていた。オペレーターたちがかつてのジャンボジェット機のパイロットのように、コンソールパネルの表示とスイッチを確認し始める。そしてゴドーはアンドロイドに声をかけた。

「アンジェラと呼ばせてもらうよ。アンジェラ、気分はどうだ？」

「穏やかな気持ちです……。このまま眠ってしまいそう……」

マイクロツール越しに内耳骨へと直接響いてくるアンドロイドの声は、生前のアンジェラ・インゲボルグにそっくりだった。もちろんいま繭のなかでアンジェラの人工知能がものを考え、言葉を発しているわけではない――実際はふたりのいる白い空間の向こうに設けられたシステム制御室のコンピュータが〝アンジェラE〟の人工実存プログラムを走らせているのだ。

「始めます……」ツール越しに男性オペレーターの声が聞こえた。「もう一度確認します。このピッチの音が聞こえたら、回避態勢に入ること。このピッチの音が断続したら緊急退避です。すぐ撤退して、目を醒《さ》ましてください……」

かつて少女マリアへのアプローチの際にも皆で確認されたであろう文言を、オペレーターが読み上げてゆく。

「ではダイヴ開始だ」

ゴドーが命じ、オペレーターがスイッチを入れた。

「深呼吸をしながら、数を数えてください。どうぞ……」

彼女は目を閉じ、そのままの姿勢で、いち……に……と心のなかで数え始める。ロボットが胸中でものを想うなどという表現は、ひと昔前ならたとえ比喩《ひゆ》であっても研究現場では敬遠されたはずであるが、いまこうして説得力を持って人々に受け容れられているのは、まさしく遠藤やアンジェラの成果でもあった。

ゆっくりとカウントが進んでゆく。そのリズムが耳に届く。彼女の心の声は人工実存である〝アンジェラE〟のログを走査することでオペレーションルームにも伝えられ、たとえ筐体の唇《くちびる》が動かなくともすべて共有できた。

——じゅう……。というカウントを最後に、彼女の言葉は途切れた。

沈黙が部屋を支配する。誰も咳払《せきばら》いひとつしない。マジックウォール越しにじっとふたりの様子を見つめている。

「——いまどこにいる?」

ゴドーが最初の問いを発した。

「どこか遠い……遠い宇宙……」

長い空白を置いて、アンジェラの声が返ってきたとき、さすがに病院側のスタッフからは息を呑《の》む音が漏《も》れた。いま〝左心室〟にいるのは人間ではない——機械がつくり出した人格なのだ——その実存がいま遠藤の内部へと潜《もぐ》り、自らの言葉でもって、人間意識の深部に広がる光景を、実世界の人々に報告しているのだ。

「周りをよく見回してくれ。何か特徴は?」

だがそこからしばらく、アンジェラは無言になった。彼女は目を閉じたまま、まるで宇宙を飛翔《ひしょう》しているかのようだった。ゴドーはじっと待っている。この部屋にいる者にとっては長いといっても数十秒から数分間に過ぎないが、白い部屋に横たわるふたりには、まるで悠久《ゆうきゅう》の時の流れがあるような気がしてくる――むろん錯覚に過ぎないのだが、マジックウォールを隔てて身動きひとつしない彼らの重量が、古きよき時代を彩《いろど》った宇宙船そのもののようにも見えてくるのだ。

すうっ、とアンジェラの息づかいが聞こえた。

「――夜明けが……」

アンジェラの生の声が響いた。

言葉が発せられる直前の、喉《のど》に吸い込まれる空気の動き。声が終わった瞬間の語尾の掠《かす》れ。そういったひとつひとつの分子の立ち振る舞いさえもが、耳の奥に蘇《よみがえ》るかのようだ。彼女はいま本当に宇宙空間のただなかに身ひとつで浮かび、そして光速を超えてこの部屋に声を届けているかのようだった。

「――遠い地平の向こうから、夜明けが近づいている……」

「夜明けとは？」ゴドーが慎重に尋ねる。「そこはどこかの惑星なのか？」

「広い天井が続いている……。頭の上を、どこまでも……」

「アンジェラの筐体センサが異常な数値を示しています」

オペレーターのひとりが彼女へのカフを切り、緊迫した面持《おもも》ちで伝えた。「これは……まるで重い原子核のシャワーを四方八方から浴びて、ガンマ線バーストの飛び交う高エネルギー輻射《ふくしゃ》のなかを進んでいるみたいだ……」

「アイカメラが瞼《まぶた》の内側で動いています」さらに別のオペレーターが割って入った。「彼女の右手の方角に、何か曙光《しょこう》のような兆《きざ》しが見えるのでしょう。いや、それだけじゃない、頭上に新たな光点を捉《とら》えています。そこに目を向けようとしている……。星の光なのか何なのか……。とにかく〝天井〟があることは確かですよ。いま全身センサのシミュレーション結果が出ました。アンジェラの二万四千キロメートル頭上に途方もない大きさの壁がありますか……。光点はその天井から透けているんだ！」

オペレーターたちに動揺が広がった。壁の向こうのアンジェラはぴくりとも動かず横たわったままだ。しかし彼らの前にあるコンソールモニタに次々と表示されてゆくグラフや色彩は、振り切れんばかりの異様な数値へと突っ走り始めている。

視覚情報がないことがもどかしい。ダン博士はある種のヒステリー状態が到来することを恐れて皆を落ち着かせようとした。あくまでこれは遠藤秀夫の心象風景の探索に過ぎない。現実にアンジェラが遠い宇宙空間に漂っているわけではないことを、皆で思い出さなければならない。

「もう少し様子を見よう……」ゴドーは白い部屋のふたりを見つめたままオペレーターに合図を送った。「アンジェラ、聞こえるか？　遠藤を見つけ出してほしい。〈彼〉のアイデンティティがどこかにいるはずだ」

コンソールモニタの数値が急速に鎮《しず》まり、危険信号を発していた色彩も緑色へと戻っていった。その色の広がりは、アンジェラがどこかの平原へ降り立ったかのような印象を与えた。

「宇宙服のようなスーツ姿の女性がいます……」

「女性？　ヘルメットのなかが見えるのか？」

「いいえ……、〝人間〟という身体性をまとった女性がひとり……」

　アンジェラは静かな吐息のなかで、そのスーツの形態を報告し始めた。それは密着型のボディスーツのようであったがそうではなく、スーツというしなやかな機能をまとった遠隔操作型ロボットであり、いわば人体の〝分身〟であって、人工現実が世界と接触するための依《よ》り代《しろ》であった。スーツ自体にジェンダー的なアイコンは表現されていないようだが、アンジェラはそのスーツの身のこなしや仕草《しぐさ》から、そこにヴァーチャル人格を送り込んでいる主体が女性性のものであることを確信している様子であった。

　その細部のデザインがひとつひとつ報告されていったとき、M・J・ダン博士は驚き、はっと息を呑んだ。

「どうしました？」

「これは……、いや、そんなはずはない、こいつは私たちが考えたH・C・S《ホロ・コンミュニケーション・システム》のスーツだ……！」

思わずその場で首を振る。もうほとんど彼方《かなた》に追いやられていた古い記憶が、堰《せき》を切って溢《あふ》れ出す。白い〝右心室〟に横たわる遠藤を見つめたが、なぜ彼の心象風景にあのデザインが現れたのかまるでわからない。あの仕事は自分と弟のふたりのほかは、当時のごくわずかな米軍研究者しか知らないはずであるからだ。

「H・C・S？」ゴドーはすばやくこめかみのデバイスを通じてネットワークを検索してくる。「もう二〇年以上も前の戦略システムじゃないですか」

「私と弟のダニエルがそいつに関わっていたんだ……」

「ダニエル・ダン博士のことですね？　つい先日できたウィスコンシン恒星間航行研究所の計画部長だ」

たとえ遠い昔に終了した戦略であっても、ゴドーたちに詳細を伝えるわけにはいかない。だがアンジェラから届く報告を聞けば聞くほど、彼女が見ているものはあのとき夢想した自分たちの未来であるように感じられた。

それはもともと、米軍が前世紀末から進めてきたNSDI-NM――新無人戦略《ニュー・ストラテジック・》防衛構想《ディフェンス・イニシアティヴ・ノーマンズ》――の戦略統廃合に伴う起死回生の案件として特別予算を投じられた、奇妙で特殊な研究プロジェクトだったのだ。NSDI-NMの基本戦略とは、単純にいえば戦闘機や偵察システムなど従来から人間が搭乗・操縦してきたものを、無人機ないし遠隔操作ロボットへと置き換えてゆくというものであり、当時の急速なヴァーチャルリアリティ技術の発展と将来への期待がその背景にあった。

　こうした技術の実現にはいくつかの方法がある――ひとつは古典的なヴァーチャルリアリティ技術によって、遠隔地のパイロットがシミュレータに座れば、あたかも戦場を飛ぶ航空機のコクピットにいるような臨場感を得て、自在に無人機を操縦できるといったタイプのものだ。実際、二一世紀に入って各国はこうした技術に積極的に取り組み、一定の成果を挙げてきている。

　アメリカ国防省解散後、まだ二〇歳《はたち》そこそこと一〇代後半の若者であったM・Jとダニエルのふたりを防衛技術平和利用計画のプロジェクトチームに引き入れたのは、彼らの伯《お》父《じ》にあたる人物であった。ふたりが関わったのはわずか二年に過ぎないが、その年齢の二年間は誰もが人生のなかでもっとも重要な時期だといえるだろう。

「ヴ《V》ァーチャルリ《R》アリティ・ウ《W》ェポンシ《S》ステム」なる米軍の古くからのアイデアは、M・Jが四歳の誕生日に両親からニンテンドー3DSを買い与えられて以来、ゲームフリークとして育ったダン兄弟やその同世代のギークたちにとって、むしろそちらのほうがつねに現実であり、世界と向き合うための自然なアプローチであったといえる。ゲーム機を与えられたときすでに両親の不仲は決定的で、ほどなくして彼らの離婚が成立し、ふたりは別々の親に引き取られたが、その後も互いにふたりはネットを通じてのべつ連絡を取り合い、ゲーム機を通して数々の架空世界にダイヴし、対戦を重ね、ともに年齢を重ねてきたのだ。
「崩《くず》れかけてぼろぼろの古紙の山のようになっていた」とふたりは後に笑い合うことになるが、あのころ米軍がお荷物のように抱えていた旧時代的な戦略構想の書類の山から、ふたりはわずかに検討されただけで埃《ほこり》を被《かぶ》っていたヴァーチャルリアリティ兵器の傍流的アイデアを掘り起こし、まさにギークの誇りでもってまったく新しいおもちゃに仕立て上げてみせたのだ。

　アンジェラの心の声は〝スーツ〟の特徴をひとつひとつ明瞭に報告してゆく——それらの表現が折り重なってゆくたび、M・J・ダン博士はかつて弟とふたりで夢中になって書きつけた下図《エスキース》を思い出し、あのころの情熱が胸に蘇ってくるのを感じて目を瞑《つむ》った。

——ゲーム機を通じて互いをリアルに感じ、本当のヴァーチャルの意味を体得して成長した少年時代……ロボットを操作することが当たり前となり、あるいは逆に自律型ロボットが人間を操作しアドバイスすることさえ珍しくなくなっていったあの時代……ときには遠隔操作型のヒト型ロボットで半自律航空機や自走車に乗り込み二重操作したあの時代……それらはいずれも今世紀初頭には不経済でごてごてと過剰装飾的な方策だと揶揄《やゆ》されたものだが、社会はそうした技術を結果的に選んだのだ……あのころから〝自分〟はひとつではなく、無数のいわば〝分身〟の集合であった。遠い世界で死闘を繰り広げる遠隔操作の戦闘機は、仮想の自分が乗り込む無人機という旧来のイメージをはるかに超えて、それは飛行機という生身の肉体に再現された、確かな〝分身〟としての自分であった……。その根源的な感覚は、弟のダニエルにあの〝スーツ〟をデザインさせるに至ったのだ。人はあのスーツを遠隔で操作するのではない。おのれの分身があのスーツに宿り、ここに留まる〝私〟自身とスーツに〝分身〟したもうひとつの自分は、どちらも確かな存在としてこの世を感じ取る――両者は互いに言葉を交わし、意見をぶつけ合うことさえできるのだ。

　遠い昔の仕事であった。まだ世間も何も知らなかったころの……自分たちだけの情熱ですべてを想像し、創造できた若き日の情熱……。遠藤がそのシステムの詳細を知っているはずはない――こうして夢で見るはずはないのだ、ましてや遠藤はダニエルとまだ直接会ったこともないはずだが……。

　そうだ……。自分たちにもまた、遠藤やアンジェラの時代があった……。

「――彼女は何と名乗っている？　つまり、個体識別の呼び名だが……」

　ゴドーの声でM・J・ダン博士は顔を上げる。まだ続いているのだ。このオペレーションルームには張り詰めた雰囲気が続いている。

　アンジェラの応答が入った。

「ベアトリスと……」

　ゴドーが皆を見渡し、肩をすくめる。「ずいぶんと〝地球的〟な名前だな」

「佇《たたず》んでいるわ……。霧が深い……。スーツで〝女性〟をまとっているけれど、私には

〈彼〉だとわかる……。いいえ、彼女だけじゃない、向こうにいる彼も……」

「向こうにいる彼？」

「ええ、全部で六人……」

「六人だって？」

「自我が分裂しているということでしょうか？」とオペレーターが尋ねる。

「さあな……。アンジェラ、彼ら六人と会話は可能か？」

「もう話しているわ……。名前を聞き出した……」

アスカ、クリス、デイヴ、エド、そしてフウ——アンジェラが名を呼ぶごとに、そのリストがホロモニタに投影され、それぞれの名に関連すると思われる情報が、スーパーコンピュータ《大地》の解析によって次々と映し出される。しかし六つの名を統合できる枠組みは浮かび上がってこない。

最初のうちはオペレーションルームの面々も固唾《かたず》を呑んで聞いていたが、こうして並ぶと無個性さが際立《きわだ》つ名前だ。ネット上に転がっている文献から任意に拾い集めてきたかのような印象さえ受ける。ゴドーが眉根《まゆね》を寄せ、カフを切っていった。

「ダン博士、これらの名前に聞き憶えは？」

「いや……、少なくともうちの所員じゃない。ベアトリスはダンテの恋人のベアトリーチェだろうか？」

「あなたの部下のモハメッドに、六名の洗い出しを命じてもらえないか。こちらはこちらでさらにデータベースを探るが……」

「いいだろう……」

そういいかけたとき、ゴドーが唐突に声を上げた。

「なんだ、こいつはたんなるアルファベット記号だ！」

そういわれて気がついた。確かに六つの名前はAからFまでのアルファベットに適当な名を当て嵌《は》めたに過ぎないものだ。

「ということは、その連中は遠藤の別人格というよりも、何か記号的な役割を担った分身であるわけだ……」

心に閃《ひらめ》くものがあった。M・J・ダン博士はカフを上げるよう指示していった。

「アンジェラ、聞こえるか？　私だ。そいつらの向こうに、人格の本体が隠れているはずだ。つまり名前のついていない、何者でもない〈彼〉が……！」

「ええ、そのようです……」アンジェラの穏やかな声が返ってくる。「彼らはボスと呼び習わしているようですが……。母艇《ボート》に〝彼〟がいると……」

そこでアンジェラがふっと笑いをこぼしたように思えた。それまで吐息のように言葉と言葉の間で感情らしきものを伝えてくる気配はあったが、初めて言葉にそれを宿したのだ。

「ああ……、やっぱり〝彼《HE》〟はあの人の愛称だわ……」

その声にM・J・ダン博士は胸を衝《つ》かれた。いったい遠藤とアンジェラは自分の研究所で何を開発したのか。自分はその本当の意味をまだ理解していなかったのではないか。だがそれならばここまで本物のように話せる人工実存が、あのような恐ろしい言葉を唐突に放ち、遠藤の心を破壊するまでに至った理由がさらにわからなくなってくる。

遠藤秀夫。アンジェラ・インゲボルグ。いったい、ふたりの運命に何が起こったというのだろうか?

「アンジェラ、その〝彼〟に接触するんだ」ゴドーが身を乗り出して指示する。「きみの姿は彼らからどう見えているんだ? きみがダイヴしてきたと認識できるなら、遠藤も心を開いてくれるかもしれない」

「六人は私のことを何か別のものと感じているようです……」

アンジェラは穏やかな口調に戻っていった。「慎重な態度で私を遠巻きに見ています……。私を何かの観察者か案内人だと思っているのでしょう……」

「なぜアンジェラのことがわからないのだろう?」

だがそう呟いたとき、ホロモニタに向かっていたモハメッドが声を上げた。

「ダン副所長、ゴドー院長、どうやら六人の名称とキャラクターは、いくつかの物語作品の要素を遺伝的プログラミングで自然選択しながら合成したもののようです」

「そうか、なるほど」

ゴドーはにやりと笑って目配《めくば》せをした。「ダン博士、先ほどの推測はいい線をいっているようだ」

「推測？」

「そう、遠藤秀夫はどうにも文学的なひ弱さを抱えた男だったそうだが、分身のひとりにベアトリーチェの名前を使うとはロマンチストぶりにもほどがある。彼は自分をダンテに準《なぞら》えているわけだ。そして人生半《なか》ばにして深い森で道に迷った自分を、いつか本当の恋人ベアトリーチェがやってきて天国へ導いてくれると願っている。彼にとってのベアトリーチェこそ、結婚相手アンジェラ・インゲボルグというわけだが、彼は本当のアンジェラがいつか導きにやってくると甘い願望を抱えつつも、一方ではそれは困難であることも承知して、こうやってベアトリーチェの名前を自分の分身に与えて自分を慰めているわけだ」

「よくわからないが……いまのアンジェラがベアトリーチェ役でないとしたらいったい何なのだ？」

「ダンテの前に現れるのは、何も案内役の詩人や恋人だけじゃない。『神曲』の《煉獄篇《れんごく》》や《天国篇》を読めば明らかでしょう」

そういってゴドーはおかしくてたまらないといった感じで笑いを噛《か》み殺すと、マジックウォールの向こうのアンジェラに呼びかけた。彼の目に獲物《えもの》を狙うかのようないきいきとした輝きが宿りつつあった。

「アンジェラ、つまりきみこそ、迷えるダンテが煉獄を抜けて天国へと昇る途中で出会う天使《エンジェル》のひとりというわけだ！　ひょっとしたらきみはいずれ、遠藤をベアトリーチェに会わせるために、彼と六つの分身の額《ひたい》に刻まれた七つの大罪のしるし〝P〟の文字をひとつずつ消してゆく役目を担うかもしれないぞ。遠藤にとって、きみの姿はいま、目映《まばゆ》い光に満ち溢《あふ》れているに違いない……！」

―4

世界の行方《ゆくえ》を左右した、あの中央アジアの核戦争から一八年が過ぎた。

八月初旬の東京――三八歳のミシェル・ジェランは時計の針が開始時刻の午後七時半に重なるその直前、新宿高層ホテル最上階のバーラウンジから東の空を見つめていた。

昨夕から明け方にかけてまとまった雨が降った。外に出ればまだ水蒸気の匂いが肌で感じられるはずだ。空には陽光の名残《なごり》が紫色に滲《にじ》んでいる。だが照明を落とした室内からは、窓越しに明るい星の位置がわかる。鷲座《わしざ》のアルタイル、白鳥座のデネブ、琴座《ことざ》のヴェガ――夏の大三角がビル群の向こうに昇る。その方角に、人類はおよそ一一ヵ月前、初めて地球外知的生命体の証拠を捉《とら》えたのだ。

突如《とつじょ》として天空に生じたそれは完全なる漆黒《しっこく》のしみであり、あの白鳥が広げた大きな翼の横に、デネブとヴェガの間に、巨大な人工物として宇宙の一部を確かに塞《ふさ》いだ。――むろんそれは闇《やみ》であるがゆえに、暗い夜空で目立つことはない。しかし背後の星々を覆《おお》い隠すため、視力のよい者はそこに異質な暗黒を見て取り、また望遠鏡で覗《のぞ》けば誰もがそのかたちをはっきりと観察することができた。

ラウンジに開始の鐘が鳴る。研究者たちは固唾《かたず》を呑《の》んで東京の街を見下ろす。そのなかでミシェルはひとり、東の空へと顔を向け、これから始まる音楽を胸に抱く。

それは川底の光から始まる――。

ミシェルは東京を知り尽くしてはいない。よっていま指揮棒を振るのは彼ではなく他者だ。ネオンサインは変わらず輝いているだろう。駅ではいまなお発車のチャイムが響き、車道の信号機は交通を捌《さば》いているはずだ。そのなかから兆《きざ》しは静かに現れる。

それは螢《ほたる》のようにひとつ、またひとつと川底から浮かび、やがて同調と共鳴で結びつき、心臓組織のように拍動してゆく。東京下町の橋という橋が、青い光に照らされて映《は》える。高架の柱はゆらゆらと揺れて、夏の夜に染まり始める。

思い思いに川縁に集まりカウントダウンに参加した人々の目には、ここ数年で普及したホロコンタクトレンズが収まっているだろう。こめかみにはデバイスがパッチされ、鼓膜だけでなく内耳の骨振動でこの街のざわめきを感じ、川面のせせらぎを聴いているはずだ。むろん頰《ほお》には風のそよぎを受けて、鼻腔にはどこかの家庭から漂う夕食の匂いも届いているかもしれない。それらすべてを取り込みながら、第一回「東京賞」受賞者ミシェル・ジェランの研究成果が、いま東京湾から花火となって打ち上がった。

色彩が破裂し、夜空にひとつ轟《とどろ》き渡る。大気に含まれた水の分子たちが跳ねるのを、湾岸に集《つど》う人々は感じた。昨夕からの雨は武蔵野台地を駆け抜け、地下水となって湾へと巡る。花火はビル群に映り込み、白煙は風を受けて広がる。その流れとうねり、その音と匂い、リズムと和音のすべてが、人々だけでなく鳥や動物たちに、川の小魚や植物たちに、すべての生きものたちに伝わってゆくのだ。

これがミシェル・ジェランへの副賞であった。特別区再統合政策が完了したこの新東京二五区のあらゆる場所が、この週末二日間はミシェルの科学技術の実践地となるのだ。総合プロデューサーに抜擢《ばってき》されたのは国際的な人気を誇るシンセサイザー奏者であり、各パートの演出には著名な舞台監督や俳優、デザイナー、建築家、科学者らも名を連ねている。東京すべてを沸《わ》き立たせるため、総合プロデューサーはあえてミシェル・ジェランのフルネームを一度も人々の目に触れさせないという大胆な演出を採用した。代わりに彼のイニシャル〝MG〟の二文字が、彼の研究成果を象徴する〝意素《セモン》〟と〝情報子《インフォルモン》〟そのものとして、二五区のあらゆる場面を彩ってゆく。

東京湾だけでなく隅田川《すみだがわ》からも、山の手台地のあちこちからも、花火が強いリズムで打ち出される。遺伝子言語学《ジーン・リンギスティック》の可能性と展望——それがミシェルの学術成果のタイトルであり、この祝祭のテーマでもあった。花火の音に驚いた鳥たちが夜空を翔《かけ》る。煙は火薬の匂いを伴って街を漂う。人工現実の世界だけではない、そうした現実の環境分子刺激は、東京都内でいのちを繋《つな》ぐすべての生きものたちの感覚受容体へと辿《たど》り着き、多彩な生体信号を生み出し、蛋白質《たんぱくしつ》のリン酸化を促して、彼らの遺伝媒体《ばいたい》へと到達するのだ。

それらは生体情報と通信情報を包含する多数の通信システムにおいて、重層的な〝リアリティ〟をすべての生きものに与えてゆくだろう。そのひとつひとつの〝いのち〟が獲得してきた個性や特徴——DNAメチル化などのさまざまな後天的修飾——にも、それらは確かに響き合うのだ。鳥は啼《な》き、植物はそよぎ、人々はツールを握りしめる。世界は繋がり、そうして生まれた音と声は、整数や非整数を問わず倍音を響かせ、次の瞬間には他の〝いのち〟に届く音素となる。これは周璽《ズウ・ケン》によって近年とみに推進されてきた宇宙倫理の観点から、実に半年にわたって主催者サイドで議論されてきた倫理的ハードルの核心であり、現実世界への汚染を最小限に食い止めつつも最大の学術効果が発揮されるよう企まれたホロ《H》・コンミュニケーション《C》・システム《S》の真髄でもあった。すべての刺激は複数の意味での〝いのちあるもの〟によって次の楽章を生み出す要素となる——それらはすべてこの宇宙においては言語であり、言語は彼らの体内で解析機関を生み出し、言語は彼らの肉体で自己言及的に計算される。——〝生命は計算できるか？〟——この大きな謎《なぞ》を未来へ問いかけたアラン・チューリングへの回答は、いま祭りの太鼓《たいこ》となって響く。

ミシェルはビルの最上階から、しかしその心は地上を巡り、大勢の人たちの間を駆け抜けていた。ひとりひとりの顔までは見えない。しかしひとつひとつの音楽は聞こえる。老夫婦が高台の上から馴染《なじ》んだ街を見下ろしていた。子供たちが路地から空を見上げてはしゃいでいた。若者が駅前の広場で歌っていた。恋に落ちたばかりの若い男女が、浴衣を着て互いに手を繋ぎ、花火にツールを向けていた。今年入社したばかりの青年は電車の吊革《つりかわ》につかまりネクタイを緩め、窓に映る自分の顔と、暗くなった街を見つめていた。そして指揮棒が振り下ろされる。——その瞬間がミシェルにはわかった。

それはちょうど難しい立体パズルが大きくかたちを変えて、それまで思いもしなかった繋がりへと進み、解法へ向けて次の筋道が開かれたかのようだったと、人は後に語り継ぐことになる。ラウンジのあちこちからあっと声が上がり、東京が一斉《いっせい》に色を変えた。それは江戸時代から現代へと至る、この東京の歴史だった。

浅草、神田、品川に深い群青色《ぐんじょういろ》の光が広がる。かつて商人たちが集まった船着き場だ。台地は薄紫に染まってゆく。谷筋へと指先のように入り込んだ低地は水色に灯《とも》り、台地と低地を結ぶ南北の波濤《はとう》は、稲村坂から九段を経て仙台坂へと至り、それらの坂道はピアノの鍵盤《けんばん》のように音を立てる。

埋め立て地を粒子が進む——その光は氷の上を転がるかのようで、淡い泡がぱちぱちと弾《はじ》ける。そして時間が動き出した。地の底からうなり声が迫《せ》り上がる。この東京に暮らした人々の心が、湧《わ》き上がって放たれる。言葉は大音声となってゆく。そこから新しい音楽が、大きく、強く、起《た》ち現れる——。

　それはいまこの瞬間の東京であった。こうした表現が可能となり、東京賞の副賞として東京全域を呑み込む演奏へとデザインできたのも、ミシェルの理論からサイエンスコンミュニケーション分野がこの数年で大きな発展を遂げたからこそであった。ミシェル自身はそのような背景にさほど関心はなかったが、総合プロデューサーはこれによって世界的な評価を受けるようになるだろう。東京賞は今夜の成功を誇らしげに掲げ、世界連邦政府の統治下にあるこの新体制の地球において、学術評価システムのなかにくっきりとした地位を確立するようになるだろう。そうしたすべての思惑《おもわく》がこの花火には籠《こ》められているのだ。

　やがて時刻は午後九時を迎え、最後の花火群が弾《はじ》け散る。ミシェルは静かにそのときを待った。始まったときには紫の光が滲《にじ》んでいた空も、いまはすっかり暗くなった。花火の煙が街の光を反射している。だがあの煙のはるか向こうには、完全なる暗黒が浮かんでいるのだ。自然現象で生まれたとは考えられない、実に直径一・二光年、長さ二光年に及ぶ円筒——まさに〝超巨大宇宙船《スーパー・シップ》〟であるとしか思えない代物《しろもの》、知的生命体が建造したとしか思えない〝超構造体《スーパー・ストラクチャー》〟——。

　賞の駆け引きなどミシェルには興味がなかった。だから確かめたかったのはただひとつのことだ。——この世界が解析機関であるならば、バイロンの娘エイダが預言したように、そのエンジンは〝数〟だけでなく他の物事にも作用し、計算を成し遂げて、いまこの東京も音楽となるだろう。ならば人々はその虹《にじ》を追って、最後に夜空を見上げるかもしれない。ならば東京は思うだろうか。いつか人の音楽が、あの五・八光年彼方《かなた》の〝SS〟に、届くときがあるだろうか。

最後の花火が打ち上がってからも、ホテルの最上階バーで見下ろしていた人々はしばらく声を発しなかった。

ミシェルは再び目を閉じる。その〝無音〟に――〝未来〟に――耳を傾けてみたいと思ったのだ。しかしやがて誰かが拍手を始め、それはバーに広がっていった。ミシェルのつかもうとした〝無〟はもはや消え、目を開くと東京はもとの忙しい都市へと戻っていた。

ピアノマンがジャズのスタンダードを弾《ひ》き始める。人々のざわめきが立ち上がり、普遍言語は個々の言葉へと分裂する。

「ジェラン博士、まさか、ここにいるなんて」

驚きの表情を浮かべながらやってきたのは日本人研究者の三原瑞恵だ。スーツを着込み、胸元にプロジェクトのアイコンであるMGを象《かたど》った朝顔の飾りを挿《さ》し、髪を後ろでまとめて額《ひたい》を見せている――ウズベキスタンで初めて顔を合わせたときと同じく丸みを帯びたフレームの眼鏡は童顔を強調していたが、その肌にはしみが浮かび、口角には皺《しわ》が刻まれていた。

「てっきり日比谷のステージにいらっしゃると思ったのに」

「それは指揮者と演奏家たちの役目です。今日は観客席にいればいい……」

「ジェラン博士、よろしいですか？　私たちの会長を紹介させていただきたい」

そういって入ってきたのは、五〇代の日本人男性である。皆戸《みなと》雅行《まさゆき》という大学教授で、これまでも二度ほど日本の学会の懇親会場で声をかけられたことがあった。専門は英文学のようだがミシェルが日本語を話せると安心しているのか、英語で挨拶《あいさつ》されたことはない。つねに知り合いの研究者と自分の教え子を鞄持《かばんも》ちのように大勢引き連れてやってくるのだが、今回もその例に漏《も》れなかった。皆戸はこのバーは自分たちの〝チーム〟が手配して半分を借り切っていたのだと自慢げに説明した後、顎鬚《あごひげ》豊かなイギリス人紳士を紹介した。国際バベッジ学会の会長だった。

ミシェルはその会長と挨拶を交わした。落ち着いた低い声の持ち主で、終始穏やかな表情だったが、やはり最初の話題は東の空に昇る〝ＳＳ〟だ。彼も会話の途中でその方角にちらりと目を向けた。そして彼が記号論へと話を移したのはごく自然なことであり、ミシェルもまたその話題に自然に応じた。

人類はその歴史のなかで言語に関してふたつの理想を追い求めてきた——すなわち完全言語と普遍言語である。両者はしばしば混同されるがその本質は大きく異なる。

完全言語とはこの世に存在するすべての観念を完全に、完璧に表現し得る理想の言語であり、それはちょうど最初の人類アダムがさまざまな動植物の本質を見出し、それらに名を与えた際の言葉に相当するだろう。一方、普遍言語とはいわばバベルの塔が建設される前の人類の言葉だ。かつて全地はただひとつの言語を持ち、みな同じ言葉を話していた。しかし『創世記』一一章で記されたように、人は天まで届く塔をつくろうとして神の怒りを買い、言葉は互いに分裂する。よって地域ごとの独自性や不完全さといった〝乱れ《バベル》〟から広く解放された、どこでも誰にでも通用し得る象徴記号システムこそが、普遍の言語だということができる。それは日常的な言葉だけでなく、あるいは図形や記号によって発明された人工言語の可能性もあるだろう。

これらを追い求める人類の夢は、幾度も魔術と接近し、ときには音楽にも喩《たと》えられた。たとえば普遍言語があらゆる言語を含むのなら、それは人間が発声可能なあらゆる和声であるだろう。あらゆる地域の人間が理解できる言語は、限りなく合理的な図形でもあるだろう——ちょうどそういった具合にだ。また完全言語への情熱が生んだ果てしなき分類作業は、百科全書のかたちで科学精神を芽吹《めぶ》かせていったに違いない。

かつてライプニッツは「一般言語」を作成し、いかなる光学器械よりもそれは人類の理性の力を増強する装置になるだろうと論じた。バベッジもまた普遍言語を追求し、それは思考機械への道筋となって未来を拓《ひら》いた。チューリングは自らの万能機械をその頭文字

〝U〟で呼んだ。二〇世紀に情報科学は咲き乱れ、研究者らはこぞって〝楽隊《バンドワゴン》〟をつくり、笛を吹き鳴らし、太鼓を叩《たた》いて行進してきた――そして情報爆発とさえいわれた二一世紀初頭の時代も遠くに過ぎて、いま情報は宇宙そのものとなり、言語はいのちそのものとなりつつある。かつて人は永遠の図書館の前に立ち尽くし、その無限の書架を眺め渡していたが、気づけば自分もまた書物の一部であったのだ。

「そう、そのことは一六二七年にすでに語られていたのですよ。〝書物を印刷せんと欲する者は、むしろ書物そのものになりたいと欲しているはずである〟と――」

バベッジ学会の会長は微笑《ほほえ》んでいった。「いまのはジョン・ダンがイングランド王チャールズ一世におこなった説教です。ジェラン博士、バベッジ学会の私が推薦するのもおかしな話だが、あなたはジョン・ダンを読まれるといい。きっと感じるところがあるでしょう。これから問題となるかもしれない〝自殺〟についても、あなたなら……」

「自殺？」

だがそこで皆戸が言葉を挟み、会話は中断された。彼は自分のことを語りたくて、横でしびれを切らしていたらしい。

「ジェラン博士、あなたはライプニッツ、バベッジ、チューリングに続いたといっていいでしょう。今夜〝U〟から〝MG〟へ時代が進んだということだ。バベッジ学会賞の受賞者がたいてい二年以内に大きな賞を受賞していることはご存じでしょう。あなたは世界で初めて国際賞を二度受賞できる可能性さえ持てるのです。推薦人を揃《そろ》えますからぜひわれわれのチームにお入りなさい。それにバベッジ学会のフェローは〝幽霊《ゴースト》クラブ〟の入会資格を得られるのですよ。バベッジがケンブリッジ時代に設立した酔狂なクラブについてはご存じですか。入会推薦規則も破天荒《はてんこう》だったが、あの精神を受け継いでいる。なに、反対する者がいたら、そんな奴は私が弾圧してやる――」

「あなたはフェローなのですか？」

そのひと言で皆戸は言葉に詰まり、顔をしかめる。彼の自尊心は傷ついたかもしれないが、詫《わ》びるつもりもなかった。こうした手合いはどこにでもいる。

科学の世界でさえ、どれだけひとりになろうとしても、つねに人づきあいはつきまとう。この年齢になって、さすがにその程度のことはわかっていた。一〇代半ばでピアノの業界を離れ、二〇代半ばで学際政治から離れ、《GAIA《ガイア》》の開発現場からも身を退《ひ》いて、それでもこうして科学を続ける限り、他者との親睦からは逃れられない。

とくに《GAIA》計画で一部研究者から学術成果の利用基準について、中国サイドに対する不満の声が出てからは、世界連邦政府も余計な批判を巧《たく》みにかわす学術政策へとシフトしつつあった。大規模プロジェクトに関しては予算をいっそう投入する代わりに、以前よりさらに事前審査を厳しくし、プロジェクト数を絞り込んで、しかも研究分担者の国際色を強めるよう、はっきりと指針に盛り込むようになったのである。

そのため各国の研究者は生き残りをかけて思いつく限りの人脈を手繰《たぐ》っては、いくつもの〝チーム〟を結成して、予算獲得の競争に明け暮れるようになっていた。世界連邦は地球全体を大きく八つの領域《リージョン》に区分し、それぞれの統合的自治を尊重しているが、国際研究であることを各種委員会に認めてもらうには少なくとも四つの領域からチームメンバーをスカウトしなければならない。いきおい各地域でメンバー獲得の調整役を買って出る大学研究者らに奇妙な政治力がもたらされ、それは科学親睦《しんぼく》交流の新たな歪《ゆが》みを生みつつあった。

そうした仲介者らはごく狭い分野で論文を発表し続けているに過ぎないが、彼らの口利《き》きは巡り巡って国際的な評価へと繋がるため、表だって彼らを批判する者は少ない。この東京賞もおそらくは皆戸を含む多くの職業研究者《リサーチャー》の尽力によって起ち上げられたものであり、彼らは受賞者の取り込みを期待しているのに違いなかった。

「うちの学生を紹介しておきます。何でもいいつけてくださって結構。あなたのような研究者の役に立つのが嬉《うれ》しいのですから」

皆戸は後ろに控えていた若者たちを促す。彼らはいずれも二〇代後半で、ごく一般の教育を受けて大学院に進学した者たちのようだった。しかし一様にその瞳《ひとみ》は輝き、頰《ほお》は紅潮し、瑞々しい緊張を保ちながら握手を求めてくる。そのうち水野《みずの》美砂《みさ》と名乗ったひとりはモデルのように整った顔立ちの学生だった。彼女の指は長く、肌は冷たく、そして貴族のようなイギリス英語を話した。

ようやく皆戸たちが離れてゆくと、三原は周りを見て、他に挨拶回りの人はいないわよね？ といった感じで大袈裟《おおげさ》に肩をすくめた。

「まあ、悪い人じゃないでしょうけれど」

ピアノマンの奏《かな》でる曲は、古きよき時代のビリー・ジョエルに変わっていた。

「あなたも彼らのチームに？」

「そういうわけじゃないの。国際神経科学会もこの賞に協力しているだけ。私が去年から会長だから……」

彼女はミシェルの『増補一般自然言語』理論を読んだと話し始めた。意外なことではない。この増補版は、一三年前に発表した『一般自然言語』の単純な増補版ではなく、いわば物語のかたちで発表したものであるからだ。おそらく科学に直接の興味がない読者であっても、風変わりな現代小説として読めるだろう。旧来の学術論文と同様に主格は慎重に除かれているが、それが一種のミステリーとなっており、文章を推進してゆく話者を探索することが一般自然言語に関する論考そのものとなってゆく仕掛けである。

学術発表がオーケストラの演奏会のようであってよいという父マルセルの開拓した道を、息子のミシェルは書物のかたちで実現してみせたのである。理論の背景として参照される過去の学術成果の部分は、いくつもの時代を背景とした多層的な歴史小説として読めるはずだ。物語を綴《つづ》る地の文はそのまま特殊自然言語の理論であり、交わされる会話は特殊自然言語と一般自然言語の本質を繋ぐ架け橋であり、それは異文化コンミュニケーションに翻弄される人々の葛藤《かっとう》を読み手に想起させるだろう。そして全一〇〇章からなる物語を読破した読者は、地獄と煉獄《れんごく》を抜けて天国を昇り切ったダンテのように、人類が決して表現することのできない一般自然言語の光を感じ取り、その手につかんだと思ってくれるかもしれない。論文は以前の『一般自然言語』からさらに射程を広げ、物語の階層においては生命の起源とその発生をモチーフとした。幸いにして好評を得てベストセラーリストに入り、いまなおコンスタントに売れている。

すでに学術論文の評価については、その多くを人工知能に託される時代となっている。いま、まともに論文を読み下す研究者はいない。論文を仕上げるのも人工知能なら、その論文を読んで評価を下すのも人工知能なのだ。そうしたなかでいかに学術成果を人々に伝えればよいだろうか。今回の『増補一般自然言語』はそうした問題に対するミシェルなりの回答であった。

その試みは三原の琴線《きんせん》に触れるものであったのかもしれない。彼女は次第に熱っぽい語り口となっていった。あなたに影響されて前より音楽を聴くようになった、言語と神経科学の関係について以前よりも考えるようになったと告げた。彼女は女性科学者コミュニティで一定の発言力を持つ人間となり、多くの学術審議会や政府諮問《しもん》委員会に参加し、科学技術政策に〝女性の立場から〟提言する立場となっていたのだ。それらの仕事と並行して、彼女は数十年前に流行した「サイエンスコミュニケーター」の伝統を受け継ぎ、やはり〝女性の立場から〟さまざまなメディアに登場しては科学啓発活動をおこなっていたのだと、彼女の話を通じて知った。

あちこちで帰り支度《じたく》が始まる。人々がミシェルのもとに挨拶にやってきた。再び皆戸は女子学生を引き連れて現れ、これから奥の部屋に移って落ち着いて飲むのだがいっしょにどうかと持ちかけてきた。ミシェルが辞退すると彼は首を傾《かし》げたが、無理強《じ》いはしなかった。去り際《ぎわ》にあの女子学生がそっと振り返り、ミシェルの目を見つめたのがわかった。

「今度は私のほうが独占してしまったみたい」

三原が彼らの後ろ姿に目を向けて呟く。ウズベキスタンで初めて会ったときよりも甘えた口調だが、すでに年齢は五〇代半ばのはずだ、その顔には過ぎた年月が刻まれていた。再生細胞によるアンチエイジング施術も受けずに伝統的なファンデーションだけで整えている。その瞳だけがいまも当時を忘れていないかのようで、かえって彼女の加齢を際立たせる。ミシェルはカクテルを飲み干し、グラスを置いた。

「あなたは指がきれいね……」

「そういわれることはあります」

「そうなの？　私だけが誉めたかと思ったのに」

彼女は少しむくれる。そしてミシェルの手を取ると、自分の目の前までその指を掲げ、てのひらと甲を観察して、最後にミシェルだけがわかるほど小さな動きで、左の薬指のつけ根を撫《な》でた。

ミシェルは黙っていた。彼女はバーを出るまで見えない角度で手に触れ続けていた。エレベーターホールまできたところでミシェルがその手を解《と》き、ボタンを押した。彼女も何もいわなかった。少しばかり距離を置いて箱に入り、彼女を見送ってから自室に戻った。

女子学生から届いていたメッセージは無視した。

その一年後、世界連邦が主催する「国際賞」をミシェルが受賞し、ミュンヘンの新オリンピア・シュタディオンにて記念コンサートが執《と》りおこなわれた。

シンフォニックオペラ『発生』――それはタイトルこそ同じであるものの、二〇歳《はたち》のときに演奏した作品の完全なるアップデート版で、ほとんど新作といって差し支えないほどのものとなった。『増補一般自然言語』の物語的な再構築であり、舞台こそ東京賞の祝祭とは異なり、あくまでも競技場の閉ざされた空間ではあったが、詰めかけた聴衆の陶酔ぶりは東京の比ではなかった。

拍手と絶叫、一斉に踏み鳴らされる靴音、ときには誰もが息を呑んで、肌が同時に粟立《あわだ》つのを感じる――これほどミュンヘンを熱狂させたのは二〇世紀のマイケル・ジャクソン以来だなどといった滑稽《こっけい》な報道もあったほどだが、実のところもっとも熱狂したのはいまや全世界で農業従事者人口よりも肥大化した職業研究者《リサーチャー》たちであったのだ。

この舞台でミシェルはすべてひとりでMG遺伝子《ジーン》シンセサイザーを演奏し、その場でDNA組み換えからRNA転写、蛋白質《たんぱくしつ》合成までをアドリブでおこなってみせ、それらの分子はいわばフェロモンとして会場に解き放たれ、人々の感覚器へと到達した。

「そうですね、素粒子を中心とする物理学と、宇宙構造論に取り組むつもりです……」

前日には大々的な贈賞式とパーティが開催され、そこでミシェルはふだん見せない態度で記者たちの取材にも応じた。目つきはおどおどして、神経質な天才というステレオタイプを演じているようにさえ見えたかもしれない。芝居がかった口調も彼らを困惑させただろう。素粒子という言葉はすでに時代遅れのものであったし、宇宙構造論という表現も大《おお》仰《ぎょう》でつかみどころがなかったはずだ。

もっとも、そうしたミシェルの立ち振る舞いを訝《いぶか》る者はごく少数だった。ひとりで学術成果を挙げ、大論文を発表し、だがそこに人が集まり仲間ができようとするときにはまったく別の分野へと移っている——ミシェル自身もわかっていることではあったが、そうした繰り返しによってすでにミシェル・ジェランの名は学術業界で一種の伝説となっていた。師匠や弟子といえる繋がりもなく自由である代わりに、長年にわたる友人と呼べる相手もいなかった。四〇歳近くになってミシェルはなお独身であり、しかしこのような立て続けの受賞、しかも初の国際賞二回受賞という栄誉によって、いっそう業界の思惑に搦《から》め捕られ、彼らのパワーバランスに取り込まれようとしている。

「物理的な秩序、あるいは宇宙の構造や現象自体のなかに音楽的なものを含めて〝意味〟の構造が見出せるか、ということに興味がある……」

「――では、次作は『一般宇宙言語』ですか？」

「――あなたの理論で〝SS〟の創造主と対話できるでしょうか？」

矢継ぎ早に質問が飛んだ。多くの記者は〝SS〟と話題を繋げてくる。すでに〝SS〟はその出現から一年一一ヵ月を過ぎ、その存在は全世界に知れ渡り、逃れようのない現実として受け容れられつつあった。

パーティには前大統領であった周墾《ズウ・ケン》の後を受けて就任し、二期目に向けて調整に余念のない現大統領を筆頭に、世界連邦の要人たちが集まっている。むろんそうした彼らに詰め寄り〝SS〟対策について問うような無礼者はいない。しかし注意して耳を澄ませばそこかしこで〝SS〟の噂《うわさ》が飛び交っていることがわかる。

視直径でおよそ一二度――と語るだけでは〝SS〟の大きさを表現することは難しい。だが誰もが実際に夜空を見上げ、両目に嵌《は》められたホロレンズの助けを借りてその場所と大きさを知ったときは、その圧倒的な暗黒の存在感に畏怖《いふ》を覚える。それは当初、ほとんど真円のかたちに見えたので、多くの人はマスメディアの仕掛けか、あるいは情報ネットワークのバグだと思ったほどだった。つまり一種のヴァーチャルリアリティであると捉えられていたのである。

　軌道天文台や月基地では大騒ぎになっていたそうだが、地球上の多くの研究者もあまりに常識外れの現象を目《ま》の当たりにして思考停止に陥っていたふしがある。その物体は六二時間後に忽然《こつぜん》と視界から消え去り、天文学者たちを驚かせたが、一一三時間後には再び同じ場所に出現し、さらに人々を驚かせた――ただし最初のときとはわずかに地球へ向けての角度を変えており、そのため物体の形状が初めて明らかになったのだ。

　それは実に長さ二光年、直径一・二光年の円筒であり、しかもその円周部は光速の五分の四という速さで回転を続けているらしい。――パニックを恐れて世界学術連合・天文学連合は協議を重ねながら発表時期を窺《うかが》ったが、結果的には世間の声に押されるかたちで、まずは前大統領周璽《ズウ・ケン》の周到な根回しのもと、現大統領との共同声明のかたちを採り、ごく専門的な解析データを研究者コミュニティに向けて鍵《かぎ》つき公開したのである。

　その物体はあまりにも滑らかで幾何学的な形状であり、しかもその巨大さゆえに、とうてい自然の産物であるとは考えられなかった。探査機を送ろうという声はすぐさま挙がったが、近隣の惑星を調べるのとはわけが違う。

　人類がアクションを起こすとするならば、それは世界連邦が主導する以外にあり得ないだろう。しかし時期は必ずしも味方してくれなかった。若いころから地球社会の「宇宙シフト」の推進者として知られた周鑿は、核兵器が最後に使用されたあの戦争時に世界連邦大統領へと就任して以来、そうした地球上の紛争からの勇気ある脱却を唱えて強固な国際体制を敷き、その基盤のもとでほとんど強引ともいえる手腕を振るい、大規模宇宙開発政策を推進してきた。「宇宙にこそ、この広大な無垢《むく》の空間にこそ、地球上の、たかだか数千年の人類の確執を超えた、新しい〝地球社会〟を建設すべき場《フィールド》がある」——周鑿のおかげで当時完全撤退さえ検討されていた建設途上の月面都市やL5コロニーは息を吹き返し、実際に彼の大統領就任演説が中継されたときにはそれらの基地で大歓声が沸《わ》き起こったという。そして周鑿は大方の予想をはるかに上回る具体的な計画を次々と打ち立てて、新世代のヴィジョンを牽引《けんいん》してきたのである。

しかし三期一五年の長きにわたる任期の間に、世界はやはり少しずつ変化していったのだ。期待をかけすぎた宇宙開発への風当たりは次第に強まり、もっと地球上の環境政策を重視すべきであるとの不満の声は、やがて新大統領擁立《ようりつ》の動きへと集約されていった。いまから八年ほど前、三期目の間に、周鑿は事実上彼の最後の調書となった「第二宇宙ドクトリン」を発表し、そこに地球問題を盛り込むことで次の方向性を示したのだが、結果的にはそれが新大統領体制への引き継ぎ事項となったのだ。

こうした世論の動きのなかで、まさに唐突な爆弾として〝SS〟は人類の前に姿を現したのである。世界連邦が今回ばかりは鈍い反応を見せたのも、こうした政治的転換期にぶつかったためであった。じりじりと時が過ぎるなか、新大統領がどのような決断を下すのか、この数ヵ月はあちこちで憶測が飛び交い、真偽《しんぎ》のほどもよくわからない情報が無数に往《い》き来している状態だった。もし新大統領がかつての宇宙ドクトリン体制へと舵《かじ》を切り直すなら、巨大な探査船を飛ばすことになるだろう。その分野に関わる科学者にとってはかつてないほどの大規模予算を獲得し、さらなる功名を上げる千載一遇のチャンスである。すでに水面下では無数の〝チーム〟が世界連邦に働きかけ、アピール合戦を繰り広げていたようだが、実際にプロジェクトが立ち上がったという話は聞かない。むろんこうした研究者側の焦《あせ》りには理由もあった。夜空を塞《ふさ》ぐあの〝SS〟は、いつまた姿を消すかわからないのだ。地球上でのごたごたが長引けば長引くほど、人類が初めて発見した地球外知的生命体とのコンタクトが幻に終わってしまう可能性もある。

そうした燻《くすぶ》りの一方で、一般市民は最初の数ヵ月こそ混乱の様相を見せたものの、変わらぬ日常を送り続けていた——たとえ夜空に地球外知的生命体の証拠が浮かんでいるとしても、週が変われば同じように職場や学校に向かい、つまらぬ人間関係に揉《も》まれ、腹が減るのだ。

しかしそれでも社会は確かに変化を遂げたのだといえる。社会動向の指標となるべき〝メタファー〟の解析は、人々の倫理観が〝SS〟の出現を境にして静かに揺れ、決して後戻りできない位相へ突入したことをくっきりと示していた。

それが具体的に何を意味するのかはわからない。だがいくつかの兆候はあった。一見しただけでは身の回りの景色は何も変わっていないように思える。だが街のたたずまいはそのままでも、信号を待ち、地下鉄に乗り込み、オフィスでツールに向かう、そうした日常の景色は変わらなくても、何かが変わろうとしている気配があった。

「――ジェラン博士、少し話があるのですが、よろしいですか？」

パーティ会場で、仕立てのいいスーツを着た背の高い白人が声をかけてきた。世界連邦事務局・秘書課長代理のウィリアム・ドーセットという男だ。年齢は三〇歳前後だろう、亜麻《あま》色《いろ》の薄い髪と広い額、そして灰青色の瞳が北欧の出身であることを窺わせる。表情のクセなのかつねにやや皮肉な笑いを唇に浮かべており、それがいくぶん誤解を招きやすいようだが、職務に実直な男なのだとミシェルは思っていた。

ドーセットは――その皮肉な笑みの唇で「私のことはビルと呼んでください」と語ったものだが――ミシェルを会場の外へと連れ出し、人気《ひとけ》の少ない通路を抜けて、がらんとした控え室のひとつへと案内した。

「何か飲みますか？　冷たいものは？」

「いや、結構……」

「ではさっそく本題に入ります」彼は扉をきっちりと閉めてからいった。「〝SS〟について国際天文学協会の資料は読んでいますか？」

「もちろん、ただし公式に出回っているものに過ぎないが」

「世界連邦もこれ以上無関心を装うつもりはありません。これは公表されていないことですが、いまわれわれは〝宇宙倫理委員会〟の内部に〝SS〟問題の特別小委員会を設けて、今後の探査プロジェクトについて準備を進めているところなのです」

「なるほど……。それは確かに初耳だ」ミシェルはついぼんやりと答えた。「しかし〝宇宙倫理委員会〟は周璺がずっと抱えてきた、ごく個人的なミーティングだったのでは?」

「来年には大統領の正式な諮問委員会に格上げする予定です。ただ、いまはもっと地球問題に目を向けろという世間の声が厳しいので……。そこへ降って湧いたこの〝SS〟騒動です。委員会をいかに現大統領に受け継がせて、対〝SS〟特別予算枠を確保できるかというところですよ。委員長は現大統領、座長は前大統領のズゥ博士。体制は大がかりなものとなるでしょう。おそらく世界総生産の〇・七%以上、世界連邦予算の三%以上を、少なくとも今後三期一五年にわたって投入することになる……」

「それは、それは。そんな情報を私に話していいのですか?」

「これでも金が足りないと研究者連中から突き上げを食らう可能性があるのです……。走り出すためには決めなければならないことがまだたくさんある。そこで単刀直入にお願いするのですが、あなたにもぜひ委員のひとりとして参加し、討論に加わってほしい。あなたの一般自然言語理論が、われわれのプロジェクトには不可欠なのです」

ミシェルは先ほど記者たちから受けた俗っぽい質問を思い出し、少し考えて肩をすくめた。

「光栄な話だが……、そういうことで国際賞をいただいたのなら、申し訳ないが返還したい。何かの条件との交換だというなら、授賞式が来るまでに話してほしかったな。そうすればお互いに面倒なやりとりをせずに済んだ」

ミシェルは退室しようとしたがドーセットが行く手を阻《はば》んだ。ミシェルはあくまでも穏やかにいった。

「さて、これはどういうことかな」

「あなたを委員にと推薦した人がいる」

「関係ないな。理論は一度発表されたら万人のものだ。私でなくても〝SS〟との通訳機《インタープリター》はつくれるだろう……」

「〝無〟が問題なのです」

ドーセットの意外な言葉に、ミシェルは思わず相手を見つめた。

「――何のことだ?」

「〝SS〟のあの暗黒が〝無〟そのものである可能性があるのですよ――それにいま各国で深刻な事態が起こりつつある。情報操作でいまは世間に隠匿《いんとく》されているが、この半年ほどで自殺者の数が急増している……」

「自殺者？　いったい何の関係がある？　あの〝SS〟を見て世を儚《はかな》んだとでも？」

「ジェラン博士、あなたのシンセサイザーは〝無〟の時空間さえも表現しようとしたのではないのですか？」

ミシェルが眉根《まゆね》を寄せたそのとき、奥の扉が開いてひとりの老人が部屋に入ってきた。

「これは、タロ・ダキニ師――」

ビル・ドーセットが驚きの声を上げる。それは代赭色《たいしゃいろ》の寛衣《かんい》をまとった老僧だった。ラマ教のゲルク派と思われたが、そうした宗派を超えた立ち振る舞いを感じさせる。

「きみを推薦したのは私だよ」

老僧は静かに、染み入るような声でいった。肌には深い皺が刻まれ、肉体も小さく縮んでいたが、足取りは確かで、その瞳は宗教家としてだけでなく科学者の知性さえ備えているように見えた。老僧はゆっくり歩み寄ると、ミシェルの顔を見上げていった。

「ほう、きみの瞳は遠くから見るとブルーだが、こうして間近に来ると実際の紫がわかる……」

「タロ・ダキニ師は〝宇宙倫理委員会〟の発足《ほっそく》メンバーのおひとりなのです」

「あの委員会は頭のよすぎる者たちばかりなのでね、私のようなオッドマンがひとりは紛《まぎ》れていたほうがいい……」

周㘴が大きな信頼を寄せている人物なのだとミシェルは直観した。老僧は微笑み、まるで前世紀からミシェルのことを承知しているかのように懐《なつ》かしげな表情でいった。

「私が思っているのは、このようなことなのだ……。もしきみとそっくりのロボットがいて、きみの〝実存〟がそこに再現されているとしよう……。〝彼〟が死んだとき、きみの実存もまた無になったといえるだろうか？――」

ミシェルはすぐには言葉を返せなかった。いま彼の口から出た〝彼《ヒー》〟という音素がなぜか自分の耳に強く残るのを感じながら、老僧のまなざしを受け止める。

「あるいはこんなことを考える……。複素数の幾何学的解釈に大きな貢献を為したのは一九世紀のガウスだが、もともと二乗してマイナス1となる新しい数をたんなる〝想像上の数〟と否定的に捉えて、〝虚数《イマジナリー・ナンバー》〟と嘲笑《ちょうしょう》したのはデカルトだった……。しかしガウスが証明した代数学の基本定理によって、複素数を係数とするn次方程式はn個の複素数解を持つとわかり、もはや実数と虚数以上に数の範囲を広げなくてもよいとなったのだろう？　つまり代数の世界には実数と虚数、すなわち複素数があれば充分というわけだ。――その複素数のなかに包み込まれた何ものでもないゼロが、実軸と虚軸の交わるガウス平面の原点に位置する――ゼロは西欧のルネサンス以降、〝無〟であると同時に〝無限〟の象徴でもあるようだが、きみの一般自然言語学においてこのゼロこそがまったく新しい世界のなかでは第三の数になる可能性を秘めているということは、いったい〝実存〟にとって何を意味しているのだろうかと……」

不意に理論の核心を衝《つ》いてきたことに驚いたが、老僧の表情は変わらない。

「――きみにいてほしいのだよ」そして老僧は穏やかにつけ加えた。「委員会が正式な諮問機関になり次第、私たちは精力的に各方面の意見を集め、討論を重ねるつもりだ。その人選にも私は関わっていて、いずれある男を招くつもりだが……、そう、仕事熱心で、文学好きで、しかし周りのことは見えない夢想家だ――彼にはきみの研究が必要なのかもしれない……」

考えておいてくれといい残し、老僧は立ち去ろうとした。ミシェルは慌てて声を掛けた。

「待ってください。その男とは誰です？　〝実存〟とは何のことですか？　私はまだ何も……」

「きみもまた夢想家だ、あの男のようにね」

老僧はあたかも瞑目《めいもく》するかのように、瞳を閉じて最後にいった。

「だがきみは〝無〟の音楽を夢想していたそうじゃないか……」

――パーティ会場に戻ると、一年前に会ったあの女子学生が待っていた。

「先生から、明日のコンサートが終わるまでお世話をするようにと」

水野美砂はそういってグラスを差し出した――。


――そしてコンサートは佳境に入る。

スタジアム上空を覆《おお》い尽くすホロディスプレイに交響楽『発生』の最終楽章の譜面が大きく映し出されると、それまでオーケストラが演奏を続けていた巨大な舞台に強いスポットライトが当たり、そこに配置されていたMGジーン《G》・シンセサイザー《S》がひときわ高い換気音を上げ、空一面の音符を吹き飛ばし、そのひとつひとつを三次元構造の虹へと変換してゆく。

　奈落《ならく》が迫《せ》り上がり、MGGSのオペレーション・キーボードを操るミシェル・ジェランは姿を現す——大きな歓声が上がるなか、ミシェルは一心不乱にキーボードを叩き続ける。その指先が繰り出す遺伝情報としての音素群は、次々とシンセサイザーによってアミノ酸の優位配列へと変換され、数珠《じゅず》繋ぎとなって世界へと放たれてゆく。それらは大気に触れた瞬間〝楽句《パッセージ》〟となり、温度と湿度と風向きの環境パラメータによって巻き上げられる。

　楽譜が三次元構造を形成し、まるで蛋白質分子のように機能性を獲得してゆくさまを、人々はおのれのホロレンズを通して目の当たりにし、そして同時に肌がびりびりとその分子と感じるリアルを受け止めていた。メロディのαヘリックス構造が、βシート構造が、人々の前で組み上げられ、S－S架橋が音と音を固定する。むろん増補されたミシェルの音楽はそれだけに留まらない——人々が拳を振り、歌い上げるいまこの環境は、生まれたばかりのメロディに作用し、糖脂質にも似た機能を付加させ、重層的な音を描き出す。ミシェルはモチーフを組み合わせながら変調装置《モデュレーター》の鍵盤を叩いた。全体のメロディ進行が長調から短調に、さらに減調へと変化し、ホロモニタの色彩と蛋白質の歌が、一気に世界を塗り替えていった。

細胞小器官が形成される。同時にスタジアムの一部からはがん幹細胞の動きが活発化し、その勢力が広がってゆく。その不穏なスリルを抱えながら、やがてホロモニタに中央アジアから西アジアへ至るシルクロードの道筋と、かつてそれらの地域に撒《ま》かれ、育《はぐく》まれた多数の民族音楽の調べが、織物のように映し出されていった。

聴衆が驚きと歓びの声を上げる。それまでの音楽に加えて、いままでまだ震えていなかった大気の粒子までもが、この民族楽器たちの音によって色艶《いろつや》を発し始めたことがわかったのだ。いまやスタジアム内に存在するあらゆる分子が、たとえそれが無音の一瞬を表現する時空であっても、そのすべてが音楽となり、いのちとなっていることを聴衆は知った。

ミシェルはキーボードを弾き続ける。楽曲の飛翔《ひしょう》へと向けて脇目《わきめ》も振らずに演奏する。

昨夜のことがうまく思い出せなかった——あの後、さらに記者団や世界連邦の要人たちへの対応をこなし、求められていくつかのコメントを発表したことは確かだ。しかし翌日のステージの最終確認もそこそこに、深夜までいくつもの研究者〝チーム〟に引き回された。そのすべてにあの女子大生がついて回り、彼女はつねに酒を勧めた——具体的な話はなにひとつ憶《おぼ》えていない。だが研究者たちは絶えることなく別の〝チーム〟の陰口を叩き、他人の性癖を暴露しては大いに笑い、それらをミシェルに語って聞かせ——そして微睡《まどろ》みから目を醒《さ》ましたとき、自分はホテルのスイートルームのソファに凭《もた》れてネクタイを外し、ぬるいグラスを手にしていた。周りにいるのはごく数人の研究者たちであり、横にはあの女子学生が座っていた。彼女はミシェルを静かに見下ろしていた――その数少ない研究者が退席し、最後にあの女子学生だけが部屋に残り――。

すべての音色が四方から中央舞台へと向けて寄り集まり、海鳴りのような響きを伴いながら迫り上がってくるのがわかる。花火が次々と打ち上がり、巨大ホロモニタに生命進化をイメージさせる幾何学模様が現れては消えてゆく。重力が支配するはずのこのスタジアム内部も、いまは母親の胎内のように生命の水で満ちていた。器官が組み上げられ、それは心臓となり、肺となり、筋肉や骨となった。分化し、いのちという時間を生み出してゆくプロセスがここにある――誰もが叫び、歌っていた。オペラは最高潮に達し、いのちが生まれる――。

ミシェルは背後から水野美砂の腕をつかんだ。

「――ここで何をしている?」

水野美砂がびくりと身を震わせ、目を剝《む》いて振り返る。ミシェルは腕をつかんだまま問い質《ただ》した。

「どうやってここに入った?」

スタジアムの熱狂はうねりとなって、この舞台袖《そで》にも響いている。音楽はあらゆる場所に降り注いでいる。スタッフたちもその高揚に呑《の》まれながら、しかし誰もが全身からエネルギーを発し、身震いさえして、さまざまな指示を交わし合っている。

　人はいつかこの公演を、ミシェル・ジェランの絶頂期であったというだろう。だがミシェルにとってすでにこのパフォーマンスは抜《ぬ》け殻《がら》だった。人々は熱狂するだろうが、それでもなおミシェルにとってこれはまだ本当の音楽と思えなかった。たとえ増補されたとしても、まだこれは宇宙の音楽になり得ていない。たとえ華々《はなばな》しく顕彰されたとしても、その中身はいまなお旅の途上のメモであり下図《エスキース》に過ぎない。それでも人生は歓《よろこ》びなのだと人はいうだろう。だがそれで本当の音楽といえるのだろうか。人類は永遠にその手で光をつかめない、それがわかっていながら二度も賞を与えるのは、この文明にとって大いなる矛盾《むじゅん》ではないか。

　最後の演出効果となる照明装置へのカウントダウンが始まっていた。水野美砂は舞台中央でキーボードを弾き続けているミシェル・ジェランの後ろ姿に目を向け、そしてまたおのれの腕をつかむミシェルへと目を向けた。そして乾いた笑みを見せた。

「――ああ、あれは、ロボットなのね」

　そのとき、激しいハウリングが場内に響いた。

　ミシェルは会場のほうへと目を向けた。中央舞台にごく近い正面の聴衆の間から、何か光が発せられたかと思うと、舞台のミシェル・ジェランとシンセサイザーが銃撃を受け、次々と弾丸を撃ち込まれて、爆発するかのようにばらばらに砕《くだ》け散った。

ミシェルは見た。舞台のミシェル・ジェランの腕は最後までキーボードを弾こうとしていた。無数の穴を穿《うが》たれ、弾《はじ》け飛び、瞬《まばた》きをする間もなく荒野と化してゆくその体軀《たいく》のなかで、客席の銃撃者から唯一死角となっているその手元だけが、ほんのわずかな時間差で舞台に残り続けていた。しかしやがてそれも二の腕をもがれ、かつてのおのれの破片を浴びて、ゆっくりとバレエダンサーのように回転してゆくと、銃弾の雨を浴びてすべての指先を吹き飛ばされ、団子《だんご》のようなてのひらだけの残骸《ざんがい》となって消えていった。

照明装置が作動し、舞台中央からホロヴィジョンの大鷲《おおわし》が起き上がった。

他の演奏家たちがその場で身を屈《かが》める——舞台装置の一部に血が飛び散っており、誰かが深手を負ったことがわかった——大きな何かの破片が舞台袖のミシェルと水野のすぐ近くへ落下し、床を大きく抉《えぐ》ってどこかへ跳ねていった——それでもまだスタジアムには音楽が響いており——残るもう一台のMGGSとモデュレーターはいまなお情報を発信し、まるで箍《たが》が外れたかのように次々と蛋白質を吐き出して、このスタジアムへ虹《にじ》を撒《ま》いていた。

水野美砂はミシェルの手を振りほどくと、深く息をつき、そしてひとつ、笑い声を上げた。ツールのホロモニタをミシェルに向け、指でそれを操作するといった。

「——いま告発文を暗号化して送信しました」

彼女の頬《ほお》は笑みを貼《は》りつかせたまま乾いていたが、瞳には涙が滲み始めていた。そして突然、彼女は爪《つめ》を立てておのれの目を抉《えぐ》り、装着している薄い色のホロレンズを毟《むし》り取って床へと捨てた。

「あなたに昨夜、襲われかけたと。——昨日の夜、私のこの目が見たものを、いましかるべき機関に、世界中の人々に伝えました」

血が涙と混じって頬を汚し、ミシェルは驚いてもう一度手を伸ばそうとしたが抵抗された。

そしてミシェルは息を呑んだ。水野美砂の顔から急速に、女としての生気が消え去ってゆくのがわかったのだ。彼女自身も気づいてはいないだろう、しかし大音声で音楽がうねるなか、彼女だけが穏やかに、透明な無垢《むく》へと還《かえ》ってゆくかのように見えた。

「すみません、あなたは囮《おとり》です。本当の目的は、奴隷《どれい》のように扱ったあいつらの言葉を伝えるためです。何度もいわれました、少しでも逆らえば、舎弟のおまえらなんかに未来はないと——」

彼女は握りしめたツールをこめかみに当てる動作をしながら続ける。

「時限装置をつけました。——いまは人目を惹《ひ》くちょっとしたパルスに過ぎませんが、一ヵ月後には自動的に解凍されて、すべてが世界に晒《さら》されます。あいつらに止めることはできません」

そして彼女はツールをこめかみに当てたまま、ばん、と笑いながら口に出していった。彼女の耳元が破裂し、血が飛び散った。ミシェルの眼前で水野美砂は倒れた。シンセサイザーとモデュレーターの吐き散らす音楽が最終局面を迎えたとき、この水野美砂の自然言語がフィードバックされて音楽へと取り込まれ、一瞬、ミシュルの耳に鋭く、そしてスタジアム全体に強く弾け、そして大気を駆け抜けていった。

ミシェルは立ち尽くした。激しい既視感に襲われていた。彼女の右手にあるツールが、もう数十年も記憶から遠ざけていた父の形見の拳銃に見えた——それはむろん錯覚であり、彼女は多くの人が利用している埋め込み型のデバイスに仕掛けを施していたのだった。水野美砂の肉体が床で震えた。脳を破壊されても彼女はまだ生きており、生体機能としての涙を流し続けていた。ミシェルはおのれの両手を見つめ、なぜ自分がここに立っていまなお生きているのか、理解不能に陥《おちい》りかけた。自分はまた死ぬ機会を失ったのだとようやく知り、粉々《こなごな》に砕けたおのれの分身と、そして大きく目を開いて倒れた女子学生を前に、ミシェルは少年時代に心のなかで叫んだ神よ、神よ、という言葉を繰り返していた。

人々が駆け寄ってくる。誰かがミシェルの肩をつかみ、何事かを怒鳴《どな》った。振り返るとそれはビル・ドーセットだったが、彼の言葉の意味は頭に入らなかった。舞台袖に設けられたホロモニタを見上げ、そこに映し出されたニュース映像が早くもこのスタジアムの様子を中継で伝えていること、そして水野美砂の送信したパルスがすでに世界中を駆け巡り、そこにつけられた小さな情報タグから、何か不穏な学術ゲットーの情報が隠されているのではないかという噂《うわさ》がたちまち広まりつつあることを理解した。

もう自分は世間に科学者として姿を見せることはないのだろう。

それもまた自分の人生にふさわしい、とミシェルは思った。


世界各国で自殺者は増加の一途を辿《たど》った。さまざまな分析がなされたが確実なことは何もわからず、〝SS〟との関連も大いに取り沙汰《ざた》されたものの、はっきりとした相関は見つからなかった。ただひとつ印象としていえそうなことがあり、それは自らいのちを絶った彼らのなかには、決して世界に絶望したり、宗教的価値観にすがって死を選んだりしたわけではなく、ただ無心に——おのれに与えられた〝ひとつ〟のいのちから〝無〟のいのちとなるために——自殺してゆく者が少なからずいるらしいということであった。

ある日本人哲学者は、これを日本語の〝実存〟に対して〝無存〟と表現した。可能性としての本質ではなくこの世に身をまとって生きる実体——現実存在が〝実存〟であるのなら、やはりこの世には本質をすべて凝縮し、あたかもビッグバン時の宇宙のように特異点としての〝無〟が実在するのだという立場であり、〝SS〟の出現によって従来の実存を揺さぶられた人類がいま無意識のうちに〝無存〟を希求しているのだと——それが急増する自殺の意味なのだと——しかしその見解は科学的実証性をなにひとつ持たないものであり、自然科学系の研究者たちが取り上げることはほとんどなかった。

しかしこの説に深い理解を示すチベット仏教の元高僧がいるという噂《うわさ》も――むろんあくまで研究者たちの好む噂話に過ぎなかったが――あった。その老僧はある者にこのように諭《さと》したという。〝無存〟の実在性が証明不可能であるのは、ミシェル・ジェランの一般自然言語理論が私たちの宇宙で証明できないことと同じではないかね？――

国際賞の後、ミシェルは人里離れたコテージに籠《こ》もって暮らした。

舞台への襲撃と水野美砂の告発は無関係であったが、襲撃者は直後にやはり自殺を遂げており、その真相はついに解明されることがなかった。水野が発したパルスは予告通り一ヵ月後にその内容が解凍され、世界中の人々のツールに表示されるという異常な事態となった。告発を受けた指導教官の日本人英文学者は、これを「仕掛けられたスキャンダル」だと主張して、その後はいっさい口を閉ざした。世間は大いに騒ぎ立て、彼の責任を追及したが、やがて彼が所属大学の学部長へと選出され、ほどなくして彼の知人が選考委員を務める英文学関係の出版賞を受賞すると、彼は粛々《しゆくしゆく》と手続きを済ませ、禊《みそ》ぎを終えたかのように再びメディアに登場し、それまで以上に業界内で実権を握るようになっていった。

そうしたひとつひとつの動向に、ミシェルは反応することもなかった。ただフランス北部の自然を眺め、川釣りをして自分で魚を焼き、季節の野菜を食して過ごした。毎日夜明け前に起床し、紫色の光が淡く照らす窓際で二時間だけ机に向かい、ごくささやかな論文を書いた。それは「読む《リール》・見る《ヴォワール》・聞く《エクーテ》」という題名で、パリ第六大学の有志たちの手によって、次の仕事への中間報告という触れ込みのもとで、ほんの一〇〇部ほどが配布された。

　そうして半年ほどが過ぎたころ、もはやほとんど外部から連絡の来なくなったツールに着信があり、コテージのホロモニタに文書とメッセージが映し出された。意外なことにそれは日本人研究者の三原瑞恵であり、彼女がこのアドレスを知るはずはなかったからミシェルのこれまでの研究〝チーム〟から聞いたのだと思った。

「本日の選考会の結果、あなたに国際神経科学賞を……」

　メッセージに現れた三原瑞恵はさらに老《お》いたように見えた。彼女の言葉と同時にミシェルは添付された文書を読んだ。MGに倣《なら》ったのか〝M・M〟という彼女のイニシャルがレターヘッドに採用されており、それが微笑《ほほえ》ましく感じられた。そう、たとえばそれは、いまならモンスターのM、ミュータントのM。――皆戸雅行もMであるなら水野美砂もMだ。他にいくらでも意味は重なる。自殺者が増えているこの時代に、そのイニシャルは彼女自身も予期しなかった和声を伴いながら、音を奏でているようだった。

　そして添付された彼女の文書は冒頭から最後の一語まで、すべて定型句を組み合わせたものであった。三〇年も前からこうした類《たぐい》の文章は自動合成されていただろう。コンマやピリオドの位置も、文章のレイアウトも、すべては機能的で申し分ない。だがミシェルはその文書を見て感じた。これは自動生成ではなく、三原瑞恵が自分の指でこの文章を打ち込んだものなのだと。それも何度も躊躇《ためら》い、書いては消すことを繰り返し、メッセージの送信にも迷いと逡巡《しゅんじゅん》を抱いたに違いないのだと。

「お願い、誤解しないで。〝チーム〟になんて入らなくていい。選考会は本当に厳正なもので、何もあなたを縛るものはない。迷惑なら辞退をしてくれてもいいの。ただ私は……、私はこの学会の会長で……」

そして三原はミシェルを見つめていった。

「私は、あなたの復帰のお手伝いをしたいの……」

ミシェルは丁重に礼を述べ、しかし明確な返答を避けてメッセージを閉じた。人工知能が自動的に文章を生成し、彼女に返答する際の最適のタイミングさえも計算して、礼儀に適《かな》った辞退の返信を送った。

もう自分は人生で為すべきことをすべて終えたのではないか？　自分の追い求めてきた一般自然言語理論は限界まで行き着いてしまった。この宇宙の向こう側へと人類が到達しない限り、もはや新たな展開は理論上不可能となった。むろん種々の実用化に伴う応用開発など細かな仕事はあるだろうが、そうしたものに興味はなかった。ならばこれからいったい何をして生きていけばいい？　残された時間は牢獄《ろうごく》ではないのか？

ミシェルは日々のなかで言葉を発する機会もなくなっていった。彼は自分の内側だけで会話を交わして生きた。あるとき久しぶりに見たメディアのニュースで、ついに自殺者の急増にまつわるデータが広く公開され、世間に大きな不安が広がり始めたことを知った。それは水野美砂の告発に触発された何者かが悪質なウイルスを放ち、人々のこめかみに装着されている小型ホロ・コンミュニケーション・パッチへと潜《もぐ》り込んで、社会を擾乱《じょうらん》させつつあることを受けての警報でもあった。ウイルスに冒《おか》されたこめかみのデバイスは、自分のツールを間近に当てて拳銃の擬音を発すると回路を焼き切って脳に致死的なダメージを与えるという。すなわち今後、人はいつ何時でも思い立ったら自由意思によって、おのれの死を選ぶことができるようになった――ただツールをこめかみに当てて「ばん」というだけで、いとも簡単に死ねるようになったのだ。

今後はツールを耳に当てて通話することを絶対に控えてください、さもなければ死の危険性があります――世界連邦の懸命の対応にもかかわらず、ウイルスの根絶はもはや不可能だという。ミシェルは水野美砂のことを思い出した。彼女はあの事件の直後、病院へ急送され脳の再生手術が試みられたそうだが、意識不明のままどこかの病院に引き取られたという話を最後に、世間から姿を消していた。

――そして夏が終わろうとするある日、ミシェルのツールにメッセージが入った。

「私を憶えているかね」

それは国際賞のパーティで会ったタロ・ダキニ師だった。師は静かに語りかけた。

「あのとき私がお願いしたことも憶えていてくれるといいのだが――ミシェル博士、いまがそのときなのだ。今期から宇宙倫理委員会が正式にスタートする。引き受けてくれるね」

「しかし、あのときも申し上げたはずです。私はもう科学のしがらみとは……」

「さて、初回の開催は来週だそうだ。いかにも周墾らしい慌ただしさじゃないか。委員も予定が詰まっている者ばかりだろうに」

タロ・ダキニ師が伝えるその開催地にミシェルは驚きを隠せなかった。かつて最後の核戦争の舞台となった場所だ。前大統領は公約通り、あの荒地に密かに科学施設を建設していたのだ。

「どうだね、いっしょに行こうじゃないか。それまでの間、私のところへ来てゆっくりと過ごすがいい。きみは他人よりも生き急いできたようだ――頭と身体の時間がちぐはぐだったのだよ。少し調律することだ」

タロ・ダキニ師の背後に空が広がっている。アジアの高山地帯から送信されてきたものだとわかった。

「しかし……」

ミシェルは久しぶりに自分が声を発していることに気づいた。この喉《のど》は慣れない筋肉の動きに戸惑っていた。

「委員会ということは、周墾や私たち以外にも声がかかっているということですね？〝ＳＳ〟への対応策を議論するのでしょう。偉いお歴々ばかりが集まるのではないですか。私のような若手は……」

「前にも話した通り、この宇宙倫理委員会は必要に応じてさまざまな専門家をゲストに招いて意見を聞くつもりだ。安心するがいい、なかにはきみより若手のゲストもいる。近いうちに必ず招こうと思っているのが、ちょうど国際賞のとき、きみに話した人物でね。私も初めて会うことになるが、サンタクララでアンジェラ・インゲボルグ博士とともに〝人工実存《ＡＥ》〟をつくり上げた男だ。——ある事故でインゲボルグ博士は亡くなり、彼もしばらく休養していたが、四、五年前に復帰して、いまは恒星間航空研究所に移って〝ＳＳ〟探査プロジェクトに取り組んでいる」

アンジェラ・インゲボルグ。核弾頭が飛び交う前夜、青い街の外れのホテルで伝統音楽を奏でたときの光景が脳裏《のうり》に蘇った。

「ホメロスも描いた英雄オデュセウスが、ダンテ『神曲』のなかでも歌うだろう、〝この世界を知り尽くしたい。人の悪も人の価値も知りたい〟という感情——彼はおそらくきみと同じものを持っていると思う」

彼《ヒー》と呼んだタロ・ダキニ師の声がミシェルの耳に残る。後にミシェルは知った。彼のイニシャルがＨＥであり、彼が人類にとっての三人称——〝彼《ヒー》〟となってゆくことを。

タロ・ダキニ師は静かに彼の名を伝えた。

「遠藤秀夫――そうか、彼はきみとも初対面になるわけだ」

–3

セッションが始まってからすでに長い時間が過ぎたような気がした。――M・J・ダン博士はマジックウォール越しにふたつの白い部屋を見つめながら、アンジェラEから断続的に届く報告にずっと聞き入っていた。〝右心室〟と〝左心室〟にそれぞれ横たわる裸の男女ふたりは、ただ無垢《むく》な表情で瞳《ひとみ》を閉じている……しかしこのオペレーションルームに詰めている医師や技術者たちの前には、あれから膨大《ぼうだい》なデータが、いっときも絶えることなくホロモニタ上を駆け抜け、それははるかに人間の認知限界を超えた宇宙を――遠藤秀夫の精神世界を――いまも描き続けているのだった。

　このデータをまともに解析するには現代のスーパーコンピュータ《大地》をもってしても数十年かかるだろう――認知限界だけでなくその技術的限界が、いま自分たちの生きているこの世界において、どれほど惜しまれることとなるのか、充分には想像できなかった。アンジェラEがダイヴした遠藤秀夫の内宇宙には、ほとんど信じがたい光景が広がっている――アンジェラEの伝えるところによれば、それは宇宙空間に浮かぶ巨大な円筒状の物体であり、間近に迫れば宇宙の果てまで続くかのような暗黒の壁が、目の前に立ちはだかって見えるほどの大きさであった。

「前院長の妄想を思い出しますね……」

オペレーターのひとりが感じ入ったように呟《つぶや》く。死者を出したあの〝事故〟当時から勤めていたスタッフのひとりであるらしい。彼は遠くを思い出すような口調でいった。

「あのころ、前院長は不可解な妄想をしきりに口走っていたんです……。あの人はプラハ大学で素粒子物理学を専攻し、後に精神物理学へと転向した人で……。そもそも彼の師事した教授が幽霊粒子《ゴースト・パーティクル》だの、反光子《アンチ・フォトン》だのといった仮説をこねくり回す人でしたから……」

「ふん、なんだそれは。〝虚〟の宇宙とでも？　空想の産物だな」

ゴドーは素《そ》っ気《け》なく返し、そして唇《くちびる》の端で笑みを浮かべていった。

「それよりも、この夢はなかなか興味深い。元ネタは前世紀のフランク・ティプラー装置だな……」

ゴドーはホロモニタを引き寄せ、指先でこの超巨大物体の模式図を呼び出す。そして漆《しっ》黒《こく》の円筒を指先でくるくると回してみせる。

ゴドーのいっていることは、いまから一〇〇年以上前に論理学者クルト・ゲーデルによって示されたタイムトラベル理論のことだ。簡単にいえば質量の大きな物体が回転しており、充分に高速なその軌道上に観測者が入り込めば、その者は過去へ戻ることができるというものである。一九七〇年代に物理学者ティプラーがこの理論をもとに、高密度の巨大円筒を光速の半分の速さで回転させることができれば、過去へのタイムマシンになり得ることを示したのだが、むろんそれは実際に建造可能なものとはとてもいえず、あくまで机上のアイデアに過ぎなかった。

タイムトラベル理論については現代でも物理学者の間でときおり議論の対象となっている。だがそうしたトレンドな話題よりも、前世紀の古典的アイデアがアンジェラの言葉で語られることに、このオペレーションルームに詰める者たちはどこか現実味を覚えていた——アンジェラの伝えるその超巨大物体は、その表面近くまで接近すると確かに知性体による人工物のようにも思えるが、漆黒の質量を持つように思えるにもかかわらず部分的には可視光を透過させ、背後の星光も見て取れるというから、どこか水溶液中に成長した単結晶体のような——まるで自然の産物でもあるかのようだ。そうした特質を併せ持つこの構造体に、誰もが強く惹きつけられていた。

アンジェラによれば、遠藤の〝人工実存〟とその分身たちはこの構造体の謎《なぞ》を探るため地球からやってきたのであり、また同様にさまざまな知性体が、やはり好奇心に駆られてこの物体の周辺と内部に集まり、互いに邂逅《かいこう》し、あるいは気の遠くなるような年月にわたって激しい抗争を繰り広げているという。ここに〝都市〟を形成した種族もあれば、各知性体の仲介・調停役を買って出る種族もいる――そうした古参の種族たちの見立てによれば、この物体は少なくとも一〇〇億年以上の歴史を持つという。

アンジェラが報告する光景は、本当にどこかの未来から送り込まれたものではないのかと、しばしばダン博士は錯覚に陥りそうになった。もし本当にこのような物体が宇宙のどこかに実在し、未来の遠藤がその物体の回転を利用して、この時代へと精神的なバイパスを形成しているのだとしたら？　いや、そもそも研究所のアンジェラEが突如《とつじょ》としてしゃべり出したのはなぜだったのだろう？　彼女が遠藤の精神を崩壊させるに至ったあの言葉の真意は何だったのか？　あれは未来のアンジェラEがこの現代へ向けて放った一種の警告、ないしは未来をある状況へと導くための、一種のトリックだったのではないか……？

「各種族の代表者が集まる〝会議〟に、かつて〝彼〟も分身を送ったようです……」

アンジェラの報告は続く。彼女は遠藤の人工実存とその分身たちにじっくりと聴き取りを続けながら、彼らの行動に随伴していた。

「多くの情報交換がなされたとのことです……。構造体の内部にはまるまる惑星系ひとつやマイクロ・ブラックホールさえ取り込まれているところもあり、またダークマターが偏在する場所もあることから、宇宙進化的な意味合いでそれらを〝虚無の大海〟と呼び習わす種族もあったようです……。どうやら外部から中心軸へ向けては多重層が形成され、それを破って内部へ進むのはときに激しい重力加速度の擾乱《じょうらん》が生じるため困難を極めるようですが、第一六層まで突破した種族はあり、その地点で中心軸まで〇・〇八光年ないし〇・一光年、彼らの観測によればさらにあと少なくとも八層あったとのこと。しかしその種族が決死隊を編成して第一六層の突破を試みたところ、〇・一六光年離れた反対側へ出てしまい、どうしてもそれ以上内部へ入れなかったと……」

「待て」

思わずダン博士は口走った。ゴドーがカフを下ろすようオペレーターに合図していう。

「どうしました？」

「これはもしかすると……」だがそこでかぶりを振った。「いや、何でもない……。気にせず続けてくれ……」

ゴドーが再び合図を出し、白い部屋に向き直る。アンジェラはこちらの声が聞こえなかったらしく、さらに報告を続けてゆく。だがいま閃《ひらめ》いた突拍子もない連想が脳裏《のうり》から離れなかった。遠藤秀夫は一〇代のころに人工知能による物語合成を試みたほどの男だ。いま遠藤が夢見ているこの世界も、彼がかつて親しんだ物語世界の一部、ないしはそのヴァリエーションなのではないか。巨大な多層構造世界に迷い込んだ主人公が、その内側へ、中心部へと旅してゆく物語――あの一四世紀イタリアの物語も、人生半ばにして道に迷ったひとりの男が、師や愛する者に導かれて九層の地獄を巡って下り、七つの大罪を浄化する煉獄《れんごく》の環道を登り、そして一〇の天球を昇ってついに至高天の光を見るものであったはずだ。

層の突破を試みて反対側へと出てしまう——そのどこか位相幾何学的《トポロジカル》な表現は、かつて自分もあのイタリア文学に学んだとき、ある一場面で強烈に感じた科学の驚きをまざまざと思い出させた。——それはダンテが紀元前のラテン詩人であるウェルギリウスの案内のもと、ついに地獄の底である第九の圏谷《たに》、すなわち氷に閉ざされた国コキュトスへ足を踏み入れ、三つの顔を持つ悪魔大王と対峙《たいじ》した場面だ。

あのときダンテはいかにして地獄から煉獄へと抜け出したか？ ウェルギリウスとともに巨大な悪魔大王の脇腹《わきばら》の毛につかまり、下へ、下へと降りてゆき、その腰のあたりまで着いたとき、不意に上下の感覚がぐるりと回転し、気づいたときには悪魔大王は頭と足がひっくり返って、ダンテは逆さになった足を上って地球の南半球に出たのではなかったか。

地球の中心を抜けた瞬間、引力の向きは逆さまになる——！ あの眩暈《めまい》のような感覚を、いま遠藤は夢見ている——強硬突破を試みてはいけない！ 悪魔大王の毛につかまるのだ！ 思わず叫びかけて、しかしダン博士はぐっと堪《こら》えた。いったい自分は何を指図しようとしているのだ？ こんな妄想で遠藤が正気を取り戻せるとでもいうのか？ だがいったい遠藤はどこへ向かおうとしているのだろう？ これがダンテの世界ならそれでもいい——だが遠藤は一四世紀のダンテのように、至高天まで辿《たど》り着いた後、愛する者の手で再びこの世に戻るのだろうか？

「〝会議〟を終えて、彼らは中心部へと旅立とうとしています……。彼らは超巨大物体から発せられたとおぼしき通信電波の解読に成功しました……〝この『船』に――ないしは私の『船』に――やってきた皆さんへ〟……」

私の『船』――その言葉にM・J・ダン博士はぞくりと身が震えるのを感じ、思わずゴドーを見つめた。彼もまたさすがに感じるところがあったのか、ダン博士へと目線を向けた。

やがてアンジェラはいった。

「――私もいっしょに行ってよろしいですか？」

「それが遠藤を呼び戻すのに必要だというのなら……」

ゴドーはおのれの感情を抑えながら低くいった。「だが、きみは道に迷ってはならないのだぞ」

「わかっています……」

アンジェラの心の声はそのままゆっくりと、静かなトーンへと落ち着いていった。彼女自身もいまは何かを悟《さと》り、ある種の決意を固めたかのような口ぶりだった。

「いま〝彼〟は〝会議〟で議論されたさまざまな仮説を、母艇《ボート》のなかで咀嚼《そしゃく》しようとしています……。分身であるアスカが〝会議〟の代表者の見解を報告しました。その者は集まった種族たちにこう述べたそうです。――宇宙は初期から〝量子条件〟を抱え込まされ、それは……生成展開が、〝生命条件〟ないしは〝生命原理〟を孕《はら》んでいたのではないか、と……。この宇宙には、当初から、生命そして知性を生み出す基本的性格が――いわば一種の〝揺らぎ〟や〝濃淡〟のように――量子的秩序の一部の展開として含まれていたのだ、と……」

オペレーションルームにいる誰ひとりとして声を発しなかった。誰もがアンジェラの言葉を胸に抱き、夢見る遠藤と同じく咀嚼して、その意味をつかもうとしていた。

「〝彼〟は――この超巨大物体について、自分なりの仮説を打ち立てようとしています……〝彼〟はこの物体を〝虚無回廊〟と呼び始めました……〝虚〟と〝実〟を結ぶ特異点としての〝無〟――その空洞《ボイド》の結晶構造が、この実宇宙とどこかの虚宇宙を繋《つな》ぐ回廊《コリドー》ならば……」

アンジェラの言葉がオペレーションルームに静かに流れてゆく。〝虚〟――〝実〟――そして〝無〟――彼女が伝えてくるそれらの言葉に、ふと一種の懐《なつ》かしさを覚え、M・J・ダン博士は不意に、おのれの名前のもととなった一七世紀の詩人を――先祖代々の想いをしぶしぶと受け容れて若いころ急いで目を通したジョン・ダンの詩や論文を――思い出し、強い既視感に襲われた。

ジョン・ダンはガリレオの『星界の報告』の初版を所持し、天文学への関心があった。――彼は愛する者への告別の詩で、おのれと相手の魂をコンパスの両脚に喩《たと》えた。――心は肉体から離れても実体を持ち続ける。どちらかが動けばどちらかも同じように傾く。どちらかが固定されれば一方は正しく円を描き、そしてもとの位置へと戻って行ける……。それだけではない。ダンにとって死とは終わりではなく、ひとつの周円を終えて次の周円が始まるということだったのかもしれない。それは一種の同心円であるが、また同時に渦巻きや螺旋《らせん》でもあり、天への階梯《かいてい》でもある……。ダンの若き日のソネットも繰り返し読んだ。彼は〝無《ナッシング》〟に惹《ひ》かれていた。恋に破れたダンはおのれをひとつの純粋な〝無〟と捉《とら》えた。その〝無〟のなかから愛の神が錬金術《れんきん》でもって奇跡《きせき》の元素を抽出してほしいと訴え、自分もまた暗黒や死から蘇《よみがえ》るのだといった。――ダンにとって〝無〟とは同時に〝すべて〟であり、〝死〟とはプラトン流に魂の解放であり、その詩は規則的な音律と自在な話し言葉のリズムを併せ持ち、まるでいま目の前にある小部屋のように、ひとつの宇宙を――。

「亀が……」

「何だって?」ゴドーは聞き返していた。

「亀が……泳いでゆく……」

「何をいっているんだ?」

「亀とは何だ?」ダン博士も思わずマイクに近づいて訊いていた。「何かの符合か?」

だがアンジェラからの返答はなかった。人々は待ち続けた。彼女は必ずその呟《つぶや》きの意味を報告してくれるはずだと願っていた。誰も言葉を発しない。咳《せき》ひとつさえ響かない。あれほど光速にデータを流し続けていたホロモニタが、次第にその動きを鈍らせてゆく。すうっ、すうっ、とまるでそれは呼吸するかのような速度へと鎮《しず》まり、その間隔がゆっくりと開いてゆく。

無音が――いや、そうではない、何もない音が――オペレーションルームに満ちていた。M・J・ダン博士はかすかに聞いたような気がした――〝無〟という音楽が――誰も気づかないが宇宙開闢《かいびゃく》以来この世界に弾《はじ》けている〝無〟のハーモニーが――アンジェラの吐息によっていまここに――。

「ああ……、〝私〟が……」

最後にアンジェラEは穏やかにいった。まるで少女が眠りに就《つ》く直前、夜にそっと囁《ささや》くように。

「〝私〟が……やってきたようです……」

遠藤秀夫は繭《まゆ》のなかで瞼《まぶた》を開いた。

彼はぼんやりと周囲を見回し、やがておのれが全裸であることに気づいて上体を起こした。――壁の一部がマジックミラーになっていることはわからない様子で、ベッドから降りるといままで自分が収まっていた繭に触れ、いったい何が起こっているのかといった表情で四方に目を向けた。その瞳にもはや狂気は宿っておらず、かつての文学好きの——幾分のあの青さと若さを備え、おのれの願う未来へと無我夢中で進んでいったあのころの情熱を残した科学者のまなざしへと——戻っていた。

「アンジェラが反応しません」

オペレーターのひとりがいった。

「凍結《フリーズ》したまま、うんともすんとも動かない……。先ほどから何度も再起動を試みているんですが、まったく反応がありません……」

ホロモニタの片側が止まっていた。アンジェラが入った〝左心室〟のデータは完全に止まっている。ゴドー院長が初めて顔色を変えた。身を乗り出し、自らホロモニタを操作して回復を試みる。しかし〝右心室〟の遠藤が声を上げ、コンタクトを求めてくるのに対し、アンジェラは全裸で横たわったままマヌカンのように硬直している。——そうだ、彼女はロボットだったのだと、M・J・ダン博士は思い出した。いままで聞いていた彼女の声は人工実存が合成したパラグラフであり、そしていま白い部屋に横たわる彼女自体も、アンジェラEという人工実存プログラムを表現する筐体《きょうたい》に過ぎなかったのだ。しかしダン博士は目を瞠《みは》った。彼女の肌は白く、しみひとつない滑らかさであり、それはまるで霜が降りた大陸のように——。

オペレーターのひとりがいった。

「彼女は……死んだのだと思います……」

「誰か――誰かいますか！」

遠藤の叫びがオペレーター室に響く。その声が耳に刺さり、ダン博士は込み上げてくる感情を堪えた。ずっとこの声が復活することを待ち望んでいたのだ――しかしいままで聞いてきたあのアンジェラの声はもはやどこにもない。

人工実存が自殺するなどということがあり得るのだろうか？　たとえ彼女が人工実存体としてリブートされたとしても、あの囁きが再び蘇るとはどうしても思えない――科学者にあるまじき感覚だ、この想いはまるで科学的ではない――ならばこんなことで涙が滲み、歯を食いしばるとは、自分はただたんに歳《とし》を取ったということなのか？　何もかもが征服できると思っていたあの時代の自分なら、こんなやるせなさなどくだらないと一笑に付し、明日の研究へと向かっていったのではなかったか？

「――彼が復帰するまでどのくらいの時間が？」

想いを呑《の》み込んでゴドーに尋ねた。彼は院長の顔に戻っていった。

「さあ……。記憶を消し去るのがいちばんでしょうが、それでも完璧を期すためには一年ほどかかりますよ」

「今日、ここで得たデータはどうなる？　誰が解析するのか？　いずれ彼にも渡してくれるのだろうな？」

「それはぼくらのほうではなんとも。世界連邦が判断することです」

「私からお願いしたい。どうか彼が自殺しないよう、充分に注意して看《み》てやってほしいのだ……」

「むろんそのつもりですが、何か不安な点でも？」

「いま思い出したんだ……。ほとんど彼と初対面だったとき、彼がジョン・ダンの《自殺論》のことを話し出した……。よく憶《おぼ》えている。私の名を見て、一七世紀の詩人の子孫かと訊いてきたくらいだからね。そのときは受け流していたが……」

「なるほど……」

ゴドーは思案げに顎《あご》をさすり、白い部屋の遠藤を見た。

「ジョン・ダンか……。〝そはわれもまた人類の一部なれば、ゆえに問うなかれ、誰《た》がために鐘は鳴るやと。そは汝《な》がために鳴るなれば〟……」

ひとつの疑問が渦を巻いていた――遠藤が研究の現場に復帰すれば、これから無数の人工実存体がつくられるようになるだろう。それは否応なしに世界を変えてゆくだろう。その第一歩がアンジェラ・インゲボルグの人工実存であったなら、前へ進む次の一歩は彼自身の人工実存となるに違いない。

だが――、もし遠藤秀夫に自殺願望があるのなら……。彼の人工実存も、いずれ自殺することがあるだろうか？

ジョン・ダンには『暴力による死《ビアタナトス》』――《自殺論》という文書がある。一六〇七年から八年にかけて書かれたといわれるが、出版されたのは死後であった。従来、キリスト教は自殺行為を強い禁忌《きんき》としてきた。そのため一四世紀のダンテ・アリギエーリも『神曲』のなかで、自らいのちを絶った者に不正義であったといわしめその者を地獄の第七の圏谷《たに》の第二の円に堕《お》としたのだ。

それに対してダンは自然の本性に則った自然の法、市民法や教会法に拠る理性の法、そして神の法の三つに照らし、自殺を大罪とする従来の社会慣習が本当に正義であったかどうかを問うたのである。

ダンの結論は、いずれの法においても自殺は必ずしもつねに罪であるとはいい切れない、というものであった。自然界には利他的に死を選んでいると思われる事象がある。キリストも人々の贖罪《しょくざい》のために自ら死を選んだ。ダンはひとつひとつ検討を重ねながら、しかし自殺を奨励《しょうれい》するではなく、自殺を罪だと断じる社会や教会のあり方に疑問を投げかけたのだった。自殺は self-murder や self-killing と表現されるが、ここでダンは self-homicide という言葉を用いた。ここでダンが前二者でなく homicide と表現したのは、この単語に一般的な事象、すなわち正当防衛や偶発的殺人の意味も含まれることを見出していたからだ。後年、別の者が初めて suicide という単語を使い、これは今日まで広く用いられている。

Suiとはラテン語でselfの意味であるから、これはself-homicideの簡略語である。

「——〝誰がために鐘は鳴る〟か……。ヘミングウェイが好きだったのかね？——このごろの若い者は、ほとんど読まないっていうけど……」

ダン博士は遠藤が研究所に着任したばかりの面談で、彼がジョン・ダンの瞑想録を呟いたときの口調を思い出していた……。

「——いえ、ぼくも……ヘミングウェイはそれほど読んでいないんです。ぼくが最初にジョン・ダンに惹かれたのは、彼の《自殺論》でした……」

遠藤の声がつい先ほどのことのように耳に蘇る。晩年、ジョン・ダンはこの世にふたつの光があることを説いた。ひとつは人を闇《やみ》へと導く大きな光、そしてもうひとつは神の愛へと導くかすかな光……。

どちらの光がこれから彼を導くのか……。

ダン博士はゴドーに案内されて廊下を進んだ。

吹き抜けのラウンジから中庭が見える。すでに空は暗くなっていたが、あの夕暮れの朱い光が満ちていた到着時から三時間も経《た》っていないのだ。全身に疲れが滲んでいた。——ふと、遠藤秀夫が夢想したあの超巨大物体の影を無意識のうちに目で追い求めたが、ライトアップされた人工池の反射と植樹の茂みに阻まれて、星々も月も見えなかった。

「最後にひとつ願いを聞いてくれないか……」

「なんです？」

「〝マリアの部屋〟を見せてほしい。まだ出発まで時間に余裕はあるだろう」

「連邦政府の許可が必要ですよ」

「ところが私はそれを持っているんだ……」

懐《ふところ》からカードを取り出し、ホロモニタに映してみせる。〝透かし〟のコードを見たゴドーが立ち止まり、眉根《まゆね》を寄せた。恒星間航空研究所の署名は充分な効力があった。

「ダニエル・ダン計画部長が手を回したのですか？　まったく、兄弟揃《そろ》って職権乱用だな……。いいでしょう。シールドルームの手前までですがね」

ゴドーは廊下を脇道へと逸《そ》れ、無言で進んでいった。たちまち迷路のような空間に入り込み、最初に案内を受けたコースは病院の表の顔に過ぎなかったのだとわかる。床もリノリウムからまるで監獄のような無骨な材質へと変わり、かなり奥まで進んだところでゴドーは水色に塗られた頑丈なエレベーターのボタンを押した。

資材搬入出用の大きな箱だ。ゴドーは自分の鍵《かぎ》で操作盤を開け、ＩＤを入力する。がたん、と大きな音を立てて箱は動き出したが、最下階の表示を過ぎてもさらに下っていった。あまりにも遅いので、途中から昇っているのか下っているのかわからなくなるほどだった。

辿り着いた場所は暗く閉塞的な通路だった。ゴドーが進むのに従う。ふたりの足音が虚《うつ》ろに響き、やがてゴドーはいちばん奥の重々しい防御扉を目で示した。――部屋番号も何も書かれていないその合金製の扉は、あたかもその向こうに一触即発の真空の宇宙を閉じ込めるかのように、完全な密封状態で閉じられていることがわかる。たとえ核攻撃を受けてもこの部屋が破られることはないだろう――おそらくは二重、三重の扉がこの奥に続いているのに違いない。

扉に触れるとホロモニタが浮かび上がった。内部状況のデータが映し出され、それらの数値は片手でつかめるほどの球体が――ふたりの男女を閉じ込めている通称〝マリアの部屋〟が――いまなおシールドの中心部に未知の作用で浮遊し、じりじりと縮退を続けていることを示している。

ここに閉じ込められたマリアという女性は、アクセスできたわずかな情報によれば、ある日突然何かの〝憑《つ》きもの〟によって人格が激変し、恋人を噛《か》み殺した一八歳のアメリカ人だったという。むろんその若き女性に、遠藤やアンジェラとの接点はなかっただろう。だが、それでも――と思う。〝人間の心と宇宙との関係性〟という本質的な点においては、ふたつの事件の間に共通した何かがあったはずだ。

この球体の向こうは遠藤の夢と繋がっていたのではないか？　そしていつか遠い未来、あのころの遠藤とアンジェラはこの扉を開けて、何食わぬ顔でひょっこりと私たちの世界に還ってくるのではないか？　ダン博士はホロモニタをワイプして押しやり、冷たく重々しい扉にそっとてのひらを当てた。

そうとも、だが、それでも――。はるか昔からいまに至るまで、この世にマリアという名を与えられて生きた女性は数知れずいただろう。そしてこれからもいるだろう。そうしたうちの誰かひとりでもいい、ダンテが『神曲』で描いた天上の高貴なマリアのように、ベアトリーチェに心から同情し、迷える遠藤に優れた案内人を遣《つか》わすことはないのだろうか？　いや、直接詩人ウェルギリウスを差し向けずとも、あるいは未来へと歩を進ませるたったひとつの種でもいい、光明でもいい――いまの遠藤に影響を与え、この世界の未来を拓《ひら》いてくれる何かを――すでにもたらしてくれた女性はいないのだろうか？　現実の人間でなくても構わない、たとえそれが比喩《ひゆ》としての、聖母マリアであったとしても――。

ここにきっと答がある――だが人類はおそらく触れることができないのだ――不意にそんな絶望が胸に込み上げ、拳を握りしめた。自分はここに手を伸ばすためにこそ生きてきたのではなかったか？　自分だけではない、若くして科学の世界にのめり込み、人が青春と呼ぶあの時代をすべて科学とその未来に捧げた世界中の〝天才〟たち――そうした者たちのためにこそ、この場所があったのではなかったか？　それがこうして閉ざされるなら、彼らにとって〝生きる〟とは、いったい何だったというのだろう？

遠藤の記憶が矯正《きょうせい》され、アンジェラの死の痛みが取り除かれるころ、自分はもはやサンタクララにはいないだろう。――部下のひとりを自殺に追いやり、そしてひとりを狂気に追い込んだ上司には、引責し退任する道しか残されていない。数ヵ月後にはオーストラリアの小さな研究所へと異動し、おそらくはそこで残りの人生を過ごすのだ。

遠藤の今後は弟のダニエルに託すことになる。ウィスコンシンの恒星間航行研究所なら遠藤を守ってくれるに違いない。今後も研究を稔《みの》らせることができるはずだ。

しかしこの世界は残酷ではないか。若くして仕事を為した者にとって、人間が一生をまっとうする時間は、社会的な責任を取るにはもはやあまりにも長すぎる。長い、長い牢獄のような責任の時間――かつて〝天才〟と社会でもてはやされ、褒《ほ》めそやされた者たちのうち、いったい何人がこれからその地獄の時間を背負ってゆくことになるのか？　いや、それだけに留まらない、この地球もすでに、その長い時間に入ってしまったのではないだろうか？　青春の時代をとうに過ぎて、これから長い責任の時代を死ぬまで生き続けるのだとしたら――どうやって自殺の衝動を抑えて生き存《なが》えろというのだろう？

「よろしいですね」

ゴドーがきびすを返し、廊下を歩いて行った。その遠ざかる足音はやはり虚ろだった。

–2

月は、宇宙へ向かって突き出した岬《みさき》だ。――宇宙へ向かって、このふしぎな惑星に生まれ、四〇億年の進化の歴史を経てきた「生命」というふしぎな存在が、いまその故郷から足を離して、広漠たる宇宙へ乗り出して行こうとする踏切台だ。――本当に、もし月がなかったら、人類の、いや、地球の歴史はどんなものになっていたろう？……

――パリ第六大学に入学したばかりのころ、市川という技術者がやってきて、愛読していたというひとりの日本人作家について語ってくれた。大学の芝生《しばふ》でふたり座って話したときのことを、不意にミシェルは思い出した。目の前には大きな山脈が見える。蒼《あお》く褪《あ》せた空は両腕を広げてもなお大きく、わずかに明るい星や月が白く姿を残している。

かつて中国甘粛省の内モンゴル自治区と呼ばれたこの山岳地帯は、いまもそうした古い名で人々に親しまれている。呼び名だけでなくその景色も、二五年も前に訪れたときとほとんど何も変わっていないように思えた。――人々は前世紀とほとんど変わらないバイクに乗り、立ち上《のぼ》る土埃《つちぼこり》はあのころと同じようにくすんでいる。しかし寺院へと続く道のりのそこかしこには、夏を迎えて岩の隙間《すきま》から顔を出した黄色や紫の花が咲き乱れ、そのいのちははるかな山々まで地続きのように見えた。

それでもこの山並みのどこかには、宇宙へと通信し続ける巨大な塔が建ち、ここに生まれてこれから生涯を過ごす幼子《おさなご》たちの未来を見守り続けているはずだ。ここにも量産型の〝人工実存体《AE》〟兵士は派遣されて、チベット仏教と回教の穏やかな棲《す》み分けと治安の平定を助けている。――鳩《はと》の群《むれ》が頭上を追い抜いてゆき、ミシェル・ジェランは歩調を緩めて世界を仰いだ。ミシェルはいまおのれの足でゆっくりとこの地球を踏みしめ、長年の月面滞在で衰《おとろ》えたその身体を抱えて、一歩ずつ未来へと進んでいるのだった。

タロ・ダキニ師は八〇代半ばになろうとしているはずだったが、ミシェルにはやはりこの大地と同じく、以前と変わりがないように見えた。ミシェルは師とふたりで広大な寺院の敷地内を歩いた——一列にどこまでも続くマニ車の赤と金色の模様が美しい。信者たちが手で触れてひとつひとつ回転させてゆく。ミシェルにはラマ教の深いところまではわからなかったが、それでも確かに音楽が聞こえた。

「彼は……思案していたよ。〝実存〟というものについてな……」

タロ・ダキニ師は語り始める。二五年前、ミシェルは世界連邦の宇宙倫理委員会に初めて出席し、そこから他の委員とともに〝SS〟探査プロジェクトの基本計画をつくり上げた。——その数回目のヒアリングでゲストに招かれた男が遠藤秀夫だった。彼がアンジェラ・インゲボルグと開発した人工知能ならぬ〝人工実存〟は、彼の所属する恒星間航行研究所の強力な後押しを受けて正式に〝SS〟探査船に採用され、五・八光年の彼方へ向けてヴァージョンアップ版である遠藤の新たな分身〝HE2《ヒーツー》〟——遠藤〝彼〟ひとりを乗せて、一八年前に旅立っていった。

実験段階のエンジンをいちかばちかで搭載したとしても到達まで何十年もかかる遠征に生身の人間を送り込むことは、あのころの宇宙倫理では叶わなかった。遠藤秀夫がアンジェラの死を乗り越えて開発を続けたAEは、人間の知能だけでなくその本当の人間らしさ

——すなわち〝実存〟を転移し、いわばその人物の〝魂〟を生み出すことができるとの触れ込みであった。宇宙倫理委員会の周墾《ズウ・ケン》が従来からの倫理的問題への合理的解決策として飛びついたことはいうまでもない。

——〝SS〟は何度か短期的に姿を消したが、しばらく経《た》てば何事もなかったかのように人類の前に戻り、その圧倒的な存在感を見せつけた。人類は遠藤のAEを送った後、さらに有人の調査隊を二度にわたって派遣した。一度目は大事故に見舞われて失敗し、神経質なほど慎重を期したうえでの二度目の遠征であった。——しかし彼らが〝SS〟に到達するのはずっと先のことであり、先発の遠藤の分身が乗る船でさえあと一〇年以上かかるだろう。

できる限りの手は打った。あとは待つほかない——人類はこの数十年を待つほかないのだ。いままでこれほど人類が待ち続けたことがあっただろうか。その長い時間はすべて、あの二四年前のヒアリングから始まったのだ。——あのころはまだ世界連邦元大統領の周墾も健在で、人々の死亡原因の第一位も自殺ではなくがんであった——。

「あのとき、帰りの〝スカイ・スキッパー〟を待つ間、彼にこう尋ねたのだよ。——〝実存〟という一概念は、人間の存在の形式として、根源的あるいは究極的なものだと本当に思うかね？　それは、極めて西欧的な——あえていえば、西欧の歴史風土的な、バイアスのかかった概念だと思わんかね？　と……」

あの一〇月の真っ赤な夕暮れの空はミシェルもよく憶《おぼ》えている。かつて核爆発の連鎖によって荒野と化したその大地は、とりわけ目に焼きつくような色彩で残照に染まっていたものだった。

「彼は答えなかったが、言葉はなくともその内心はよくわかった。あの男は思っていることをすべて顔に出してしまうのだ……」

ひょっとすると、〝実存〟という考え方そのものが、根本的に間違っていたのかもしれない……。

とすると……自分が、いままでやってきたことは、いったい何だったのか？

――彼はそう思ったのではないか。

「しかし、その想いは……、彼のなかで〝魂のがん《クレブス》〟となったのではありませんか？」

ミシェルは尋ねた。それはたとえ彼に物事の本質を教え諭《さと》す目的だったとしても――彼をいつか自殺へと追いやる一粒の種となったかもしれないのでは？　本当はそこまで言葉に出してミシェルは問いたかった。

なぜならミシェル自身、そうした〝魂のがん〟に侵されそうになることがあったからだ。

数ヵ月前の周璧の自殺によって、その概念は世界中に広がりつつある――政治的駆け引きに長《た》け、およそ自殺からはほど遠いと思われたあの宇宙工学者が、一〇八歳の誕生日を前にしていっさいの救命措置を固辞するとの書き置きを握りしめたまま自宅で亡くなったことは、各界に衝撃を与えていた。死因は急性心不全とのことで必ずしも自らの意思による自殺とはいい切れないのだが、増加の一途を辿る自殺者への連邦側の対応策として尊厳死を認める世界共通の安楽死許可制度――いわゆる《L・O・D《ライセンス・オヴ・デス》》の審議が通過した直後の死であったがゆえに、いまもさまざまな憶測が乱れ飛んでいた。

尊厳死と〝魂のがん〟はいったいどのように区別されるのか？　《L・O・D》を今後取得する者たちが本当に自己の尊厳によって死を選ぶとどうして証明できよう？　実際にはいわゆる〝魂のがん〟に侵され、この世に絶望した挙げ句に死を選ぶ可能性もあるのではないか？　世界連邦は一種の自殺幇助《ほうじょ》を認めようとしているのではないか――反対派の勢力はそのように主張し、強い批判を繰り広げている。ほとんど七〇年近くにわたって地球社会の倫理観に強い影響を及ぼしてきた周塋自身が死んだいま、そうした議論はさらに混迷へと向かっている。

そうしたなか、いま〝彼〟は〝SS〟へと旅を続けているのだ。――もしこの地球が地獄であるのなら、〝彼〟は煉獄《れんごく》へと進んでいるのかもしれない。その先に天国はあるのだろうか？

タロ・ダキニ師はそっと目を向け、そしていった。

「いや、彼は気づくだろうよ――いつか、そう、〝無〟という実存を……」

「〝無存〟――ですか……」

ミシェルは日本語の発音で呟く。かつて日本人哲学者がそのような言葉を提案したことがあった。ミシェルは遠い過去のことを思い出した――あとわずかで自分は六五歳を迎える。だが、まだわずかに六五なのだ。ミシェルはひとつの想いを抱えてこの地に戻ってきた。そのことはタロ・ダキニ師にはわかっているようだった。

初めてタロ・ダキニ師と出会ったときの謎かけを、いまなおミシェルはつかめずにいた。ゼロは自然数や負の整数とともに整数の一部と位置づけられるが、もしも〝無〟という実存が見出せるのならば、それは数の計算規則を超える世界があることを、ミシェルの一般自然言語理論は示してしまう。――〝生命は計算できるか？〟――この世では計算できない〝いのち〟が、宇宙の向こうにあるのだとすれば――。

「師よ、――それは死なないとわからないことなのですか。ダンテのように生きながら地獄と煉獄を巡り、天国へ昇り、この世界に戻ってくることはできないのですか？」

「〝彼〟と〝アンジェラE〟がその答を見つけるだろうよ……。私たちではなく〝HE〟と〝AE〟が……」

「師よ、――私にはこの人生は長すぎました……。この長い、長い物語は……」

「そう考えてしまうときもあるだろう、人間も、この文明も……。人は歳《とし》を重ねてゆくと、オデュセウスのような希望に満ちた航海を、そうした無限の追求への憧《あこが》れを、そのまま受け止め、共感するのが難しくなってゆくものだ……。きみはダンテを読んでいたはずだね、ダンテは『神曲』のなかで、煉獄へ向かってゆく際に怖《お》じ気《け》づいた。それで案内役の詩人ウェルギリウスはこういって励ました。〝三位《さんみ》一体《いったい》の神が司《つかさど》る無限の道を、人間の理性で行き尽くせると期待するのは狂気の沙汰《さた》だ。人間には分限がある、『何か』という以上は問わぬことだ。もしおまえらにすべてがわかるというのなら、マリアがキリストをお生みになる必要はなかった〟と……。私がいうのも変な話だがね……」

「私たちはもうダンテの時代を生きているわけではありません。私も二〇歳《はたち》のころとは違います。しかし歳を取って、分別をつけて、『何か』以上を問うことを棄《す》てなければならないのなら、『何故か』と問い続けることが叶《かな》わないのならば、私たちがこの地球に生まれたことは過酷すぎる……」

「誤解してはならないよ。ではついでにいおう、きみはミシェルという名だ。ダンテの『神曲』で詩人ウェルギリウスがいうだろう、なぜ自分が暗い地獄の谷間に来たのか、それは神に叛《そむ》いた者を大天使ミカエルが退治した場所、天上の思《おぼ》し召しだったからだと……。きみの理論は人間自身の理性さえ超えて、今後も〝彼〟を立派に助けるのではないかな？」

だが苦渋を感じるミシェルは、ついに心情を吐露《とろ》した。

「――師よ……、私はついに〝愛〟というものがわからなかったように思います……」

タロ・ダキニ師は突然からからと笑い出した。

「ほう、きみがそんなことをいい出すとは意外だ。きみは生涯をかけて、宇宙のどこへ行っても通じ合える本当の言語を追究したのではなかったのかね？——人は、愛などこの世のどこにでもあるという。いくらかでも世間を見渡してみればよい。イスラムの神とキリスト教の神は異なるが、それでもイスラムの者とキリスト教の者は互いにひと組の男女として愛し合える。宗教は排他的だが愛は普遍的なのだよ……」

タロ・ダキニ師はそういい、さらに空へと笑みを向けたまま付け加えた。

「なに、偶然だが、私も愛は知らないのだ。宗教家と科学者はいつだって愛を知らずに生きてゆくのさ」

「あなたがそんなことを仰《おつしや》るとは……」

「いったろう、私はきみたちに必要なオッドマンなのだよ……」

ミシェルは屈託《くつたく》のないその横顔を見つめた。先ほどの言葉よりも、この横顔こそがタロ・ダキニ師自身の本当の言葉なのかもしれない。そして思った。

ならば師よ、愛を知るのはいったい何人《なんぴと》なのですか。ダンテは『神曲』で最後に天国へと昇り、星々を動かす神の愛を見出《みいだ》しました。ならば作者であるダンテ自身も、本当に愛を知ったのでしょうか。ダンテが宗教家でも科学者でもないのだとしたら、彼は何人《なんぴと》だったのでしょうか、と——。

タロ・ダキニ師はいつしか声に出して笑うことをやめていたが、その表情にはまだ微笑《ほほえ》みが残っていた。空を見上げたまま師はいった。

「そう、あのとき私は彼にもいったのだ。――われわれこそが宇宙なのだから……少なくとも、宇宙の一部であることは、はっきりしたのだから、宇宙ははるか彼方《かなた》にあるものではなくてすでに、ここにある、と……」

しばしの沈黙が降り、風がそよいで去って行った。

これは無にして無ではない。そうミシェルは思った。そして〝無〟はまた〝無〟の一部でもある。――〝無〟の音楽がいまも自分の内にある。ダンテにとってそれが詩であり、ひとつの旅となったように、誰かが〝無〟になったときおのれは音を鳴らすのだ。そしておのれが〝無〟になったときもまた同じだろう。だが、これ以上はただのメタファーになってしまう。――虚無、という日本語を、不意にミシェルは思い出した。〝無存〟という発音が心のなかに残っていたのだ。――〝虚無〟とは何か？『時』とは？ 時の流れの果てにあるものは？――あの核戦争前夜に聞いた日本人女性研究者の声が心のなかに蘇る。〝虚無〟という日本語の音が、そして〝時〟という木琴《もっきん》の音色のような連なりが、ミシェルの心に長く響いた。

「もう会うことはないのかね。きみは自分のＡＥを残さないのか？」

ミシェルがかぶりを振ると、師は静かにいった。

「わかった。私は最後まで生きよう……。そしてきみたちの魂を見届けよう……」

その日の午前、パリのミシェルの自宅に訪問者があった。

ノッカーの響きは忙しげで、扉を開ける前から相手が科学者であることがわかる。そのノックの音に劣らずミシェルの肉体には疲労が蓄積し、それでもなお忙しく動き続けて、少しばかりがたぴしと軋《きし》みを上げていた——中国から戻って以来、ほとんど寝る間もなく仕事を続けてきたのだった。

「お邪魔をしてすみません。大学へ行ったら、朝はご自宅でお仕事だと伺ったので」

「構わないよ。入ってくれ」

ミシェルは相手を書斎に通した。壁に古い書棚を設置し、父親譲《ゆず》りの机を置いてあるほかは、ごく質素な小部屋だ。彼は——遠藤秀夫は——ミシェルの書棚を興味深げに眺め渡した。ミシェルがコーヒーを淹《い》れるまでの間、彼はその小さな空間を楽しんでいた。

「ジョン・ダンの詩集がありますね……。お読みになるのですね」

「一五年ほど前にロンドンの古書店で買ったのさ。以前に人から薦《すす》められてね……」

「ダンの《自殺論《ビアタナトス》》もある……」

「それは一度開いたきりだ……」

ジョン・ダンはもともとバベッジ学会の会長から薦められたものだが、実際に手を取ったのは遠藤の影響が大きい。だがそのことをミシェルは話さなかった。あえて素《そ》っ気《け》なく返し、椅子《いす》を勧める。遠藤の視線が、書棚のいちばん隅にある厚い三冊の本に向けられるのがわかった。かつて製本業者に頼んでつくってもらった特装本だ。ひとつはダンテの『神曲(神聖喜劇)』――ディヴィア・コメディア――、隣はバルザックのなかから好みのものを編集した『人曲(人間喜劇)』――コメディ・ユメーヌ――。そして最後の一冊の背には、『宙曲(宇宙喜劇)』――コメディ・コスミーク――とラベルを貼《は》ってある。かつて市川が呟《つぶや》いた日本人作家の諸作であった。

　遠藤はまだ何かを語りたそうだったが、書物の話はそれで終わった。

　自分もこの一〇年ほどはL5コロニーや月面都市でほとんどの時間を過ごしていたが、遠藤も心境の変化があったのだろう、家に引き籠《こ》もったり、ひとりで辺境を旅したりすることが多かったと聞く。よって直接顔を合わせるのは久しぶりだったが、挨拶《あいさつ》もそこそこに、それからふたりで一、二時間話した。――世界連邦の宇宙倫理委員会はすでに発足から二〇年以上を経て、何度か委員の刷新を繰り返してきたが、周墾が亡くなったいま大きな転換期を迎えている。気がつけばごく初期から残る委員はミシェルとタロ・ダキニ師のふたりだけとなっていた。ミシェルがこの日、遠藤を招いたのは、自分ともうひとりの委員の提唱で動き始めた「第三・千年紀査察《ザ・サード・ミレニアム・インスペクション》」計画の概要をあらかじめ伝えておくためだった。二千年紀から三千年紀までの千年間に、人類が遭遇する可能性のある「危機」について予測し、検討を重ねておくというもので、社会倫理の解析ツールとしてこの一世紀近くを支えてきた〝メタファー〟理論のまったく新しい応用と発展を促す起爆剤になり得る計画ともいえる。コードネームは「フロンティア3000」——すなわちそれは父マルセル・ジェランの遺産を未来へと繋《つな》ぐプロジェクトであった。

委員のなかでは自分がいちばん早く報告を提出できそうだ、とミシェルはあえて屈託なく話し、その草稿の表紙を遠藤に見せた。「遺伝子的破局《ジェネティック・カタストロフ》」と書かれたその表紙の真意を、遠藤がいつか理解することを願った。——いま自分は遠藤に草稿だと語り、実際それは草稿のような体裁を採っているが、ミシェルはこれが自分の最後の原稿になるのだとわかっていた。このひとつの宇宙に生きる自分にとっては、このように未完成であることが完成なのかもしれない。表紙に書かれた単語も表面的にはかつての遺伝子言語学のたんなる一応用と思われることだろう。だがそうではない。この報告文書は人が発する言葉にせよ、遺伝子的な暗号《コード》にせよ、日常的な音楽にせよ——譜面として表現されざるを得ないことの限界と希望を——〝普遍〟がこの宇宙ではついに記号となってしまうことの結末的悲劇とその先を——考察したものであった。だからこそ、それはどうしても下図《エスキース》のまま、未完のままでなければならない。人が〝SS〟に到達し、宇宙が音楽の歓びに沸くためには——。

——いや、そうだろうか、本当に？

遠藤が何事かを問うた。ミシェルはその質問を後に思い出そうとしたがなぜか叶《かな》わなかった。しかし答えた言葉はくっきりと心に残った。

「──なぜだい。生命で、コンミュニケーションのできないものが、存在するかい？　それは形容矛盾じゃないか？……」

遠藤がはっと目を剝《む》いた──ミシェルはその反応にむしろ驚いていった。

「どうした？　何かあったのか？」

「いや、なにも……」

そして遠藤の反応を見てミシェル自身も気づいたのだ。──ふだんの自分ならこのような雑駁《ざっぱく》な議論を持ちかけることもないだろう。有史以来、人類はコミュニケーションの取れるものを〝いのちあるもの〟と錯覚してきた。それが人間の認知作用の特質であり限界であったがゆえに、それはたとえばロボットに魂は宿るかといった不毛な議論をときに招き、科学と哲学の発展を阻害してきたのだ。

生命とコミュニケーションは違う。これがミシェルの若いころに書いた一般という名の特殊自然言語理論によって、広く世間に理解されるに至った生命科学の教理《ドクトリン》であったはずだ。しかしコミュニケーションが父によってコンミュニケーションへと──コン－ミュニ－ケーションというダンスを誘うような音の連なりへと──変わったように、これから生命の定義も変わるのだとしたら？　もしひとりでも宇宙の向こう側を見て戻ってくる者が現れるならば、人類はいつか地球上に閉じ込められた〝いのち〟を超えて、普遍の〝生命〟と完全の〝生命〟を想像《イメージ》し、創造《クリエイト》できるようになる。──そのときミシェル自身がかつて記した定義さえも超えて、この先の千年で生命が本当のダンスを始めるのだとしたら?

そのときはいま発した自分の言葉も、きっと意味を持つようになる——。

ミシェルは車で遠藤を駅まで送り、その足で大学へと向かった。

昼食も摂らずに仕事をこなした。連携企業や公官庁へ最後のメッセージを残し、そして少し考えて、先ほどの草稿に最後の手を入れた。二日後にはこの原稿が宇宙倫理委員会へ送信されるよう手はずも整えた。人と人との繋がりからは最後まで逃れられなかったと、ミシェルはひとり心で苦笑した。

鞄《かばん》のなかには自宅から持ってきたジョン・ダンの詩集と説教集——《自殺論》は置いてきた——そして事前に準備しておいた小瓶があった。夕暮れどきまでにすべてを終えると、秘書にも告げずパリを離れた。

あと二日で六五歳になろうとする、秋の穏やかな日であった。

そして人類からひとりの人間が消えた。

人が〝想像力《イマジネーション》〟によって育てた数、虚数《イマジナリー・ナンバー》 i の二乗。

——マイナス1……。

−1

――そして彼は無となった。

――〝彼〟が〝SS〟への旅を続ける間、多くの彼が無となって消えた。

――そして辿《たど》り着いたとき、無をくぐり抜けた〝彼〟もまた愛を知った。

0

なんぴとも一島嶼《とうしょ》にてはあらず
なんぴともみずからにして全きはなし
ひとはみな大陸《くが》の一塊《ひとくれ》
本土のひとひら　そのひとひらの土塊《つちくれ》を
波のきたりて洗いゆけば
洗われしだけ欧州の土の失せるは
さながらに岬の失せるなり
汝《な》が友どちや汝《なれ》みずからの荘園《その》の失せるなり
なんぴとのみまかりゆくもこれに似て
みずからを殺《そ》ぐにひとし
そはわれもまた人類の一部なれば
ゆえに問うなかれ
誰《た》がために鐘は鳴るやと
そは汝《な》がために鳴るなれば

＋1

二一〇七年、遠藤秀夫は三週間後に八〇歳の誕生日を控えたその日、所属機関であるウィスコンシンの恒星間航行研究所にてその生涯を終えた。一〇日前に定期精密検査を受けており、心身ともに異状はないとの結果は出ていたそうだが、遠藤は誰にも告げずに《Ｌ・Ｏ・Ｄ》をあらかじめ取得し、その日に備えていたのだった。

死因は急性心不全であり、それはプロジェクトに関わったかつての上司Ｍ・Ｊ・ダン博士や、世界連邦元大統領の周墾《ズウ・ケン》博士の死因と同じだった。たんなる偶然と見なされたが、兄を先に喪《うしな》った恒星間航行研究所のダニエル・ダン副所長はそのようには考えなかったかもしれない。ダン副所長は遠藤が亡《な》くなるとき、ともに研究所のオペレーションセンターに詰めており、〝ＳＳ〟探査の旅へと放たれた遠い〝ＨＥ２〟――〝彼〟との「コンタクト４」が始まって四三日目、「メッセージ17」の受信に立ち会っている最中だったのだ。

遠藤はそのとき通信のために、ＴＣＳ――〝トータル・コンタクト・システム〟の組み込まれたアシスタント・ロボット・チェアを利用していた。受信は深夜にまで及び、午前三時を回って誰もがうとうとし始めていた。遠藤はメンバーたちに少し休むように気遣いの言葉をかけ、自分はＴＣＳチェアにぐったりと横たわった。ダン副所長も隣室に退《ひ》き、睡魔に抗しきれずカウチに横になって微睡《まどろ》んでいた。そうしたときに遠藤は生命活動を終え、所員たちが混乱して発した叫び声が、本来使われていなかったはずの送信カフを通じて、遠くの〝彼〟へと送られてしまったのである。

その声は五年七ヵ月かけて遠くの〝彼〟のもとへと届いただろう。そしてさらに五年九ヵ月が経《た》ち、ウィスコンシンの恒星間航行研究所に遠藤秀夫の人工実存《AE》である〝彼〟からメッセージ送信中止の通達が届き、通信機能を備えたユニットを〝彼〟が切り離したことを知らされた。おのれの分身である遠藤の死を知った〝彼〟が、おのれの自由のために一種の反逆を為したのだと、一部の研究者は考えた。

その最後のメッセージを、すでに現役引退したダン博士はオペレーションセンターで聞いた。遠藤が亡くなったことによって世間の〝ＳＳ〟探査への情熱は急速に薄れ、すでにセンターは人員も削減されていた。ダン博士はその閑散としたセンターで若い所員と語り、そしてオーストラリアに隠遁《いんとん》して亡くなった兄から託《ことづ》かって五〇年も仕事をともにし、そしてロボット・チェアに横たわりながら亡くなった〈彼〉の――人類にとっての三人称である〝彼《HE》〟を生み出した遠藤秀夫《ヒデオ・エンドウ》の――奇妙な最期の表情を思い出した。

それはある角度から見れば、実に幸せそうな、至福の笑みに見えた。しかしわずかに角度を変えると、それは悪魔のような、人類全体を嘲《あざけ》っているかのような顔に見えたのだ。

――〝彼〟からの最後のメッセージが届いて二週間後、巨大な〝ＳＳ〟の影は忽然《こつぜん》と消えた。それまでも何度か気まぐれに〝SS〟が消失したことはあった。一度は三年間も姿を見せず、もはやコンタクトの機会は失われたのかと人々をやきもきさせたこともあった。

しかし今回は本当の別れだと思われた。一瞬姿を現したが、すぐにまた消え去り——そして〝SS〟と呼ばれたその物体は、今度こそ人類の観測領域から永遠に失せたのだと、誰もが思った。


一〇年が過ぎ、さらに時が経った。

人類は老い、その〝無聊《ぶりよう》〟の時期を越えて、いつしか再び夜空を見上げるようになっていた。

そして長い年月が過ぎたあるとき、〝SS〟はまた現れたのだった。——かつて観測した場所に、そのままの姿で。

半年が過ぎ、人類はついに決意し、それまで幾度も改良を重ね、量産してきた〝アンジェラE〟なる〝人工実存体《AE》〟のマザーマインドを、〝SS〟へ向けて出立《しゆつたつ》させた。〝彼女〟自身の強い希望でもあった。

その翌日、まるで見計らったかのように、またしても〝SS〟は消え失せた。実際、それが人類の観測した〝SS〟の最後だった。——しかし人類はもう希望を棄《す》てることはなかった。〝アンジェラE〟は〝SS〟のあった方角へ向けて、ヒデオ・エンドウⅡへの信号を発しながら飛び続けていった。

——〝アンジェラE〟が旅立ったちょうどその翌日、〝SS〟が消える直前、aft・doom——〝最後の審判の後〟と名づけられた場所に建つアフドゥーム病院へひとりの訪問者があった。

最初に気づいたのはサイコダイヴをサポートする麻酔医の男だった。医師免許を取ったばかりの若者で、この隔離された病院にも大きな夢を抱いて赴任し、一歩ずつプロフェッショナルへの道を進み始めているところだった。

廊下をひとり歩いてゆくその彼が〝人工実存体《AE》〟であることは麻酔医にもすぐにわかった。自分の分身をこのようなAEとしてつくり上げ、魂の不滅に関するロマンチックな空想を補完しようとする金持ちはいまや少なくない。それにこの病院には研究用にさまざまな筐体《ボディ》が準備されており、ときに研究者らがそれらを用いてコンミュニケーション試験をおこなうこともあったのだ。だから若い麻酔医はごく気軽に声をかけた。

「どちらへ?」

「——会いたい人がいるのだが……」

そのAEは振り返っていった。「——以前に自殺した人なのです」

「いいですよ、案内します」

穏やかな昼下がりだった。ふたりは中庭が見渡せる広いロビーを抜けて安置室へと向かった。庭の池がきらきらと陽光を反射し、誰が放したのかわからないがもう何十年も池の主となっている亀が、石の上でじっと蹲《うずくま》り、ひなたぼっこをしているのが見えた。

この病院はかつて特殊な精神疾患の患者が収容されていたと聞くが、いまはその面影《おもかげ》はどこにもない。いっときは世界連邦から派遣された宇宙物理学者たちが極秘の研究を進めていたというが、若い麻酔医にはそうした噂《うわさ》もあくまで噂話に過ぎなかった。いまこの病院は、世界各国で自らいのちを絶った自殺者のなかから、とくに学術的な観点で興味が持たれるケースを選んでその遺体を収容・管理し、いまなお世界の死因のトップを占める〝魂のがん〟の原因解明と、その有効的対策の検討を進めている。すべての遺体は冷凍保存され、生前の精神データはできる限りの回収が試みられて、バックアップが取られている。若い麻酔医は安置室の前室に彼を案内すると、ホロモニタを呼び出して手で示した。

「どなたをお探しですか？」

彼は前に進み出て、自らホロモニタに指先を当てた。——彼が熱心に検索するのを、若い麻酔医は少しばかり退屈になりながら横で見ていた。

——マイクル・ジョン・ダン。

——ケン・ズウ。

——アンジェラ・インゲボルグ。

そしてわずかに躊躇《ためら》ってから、まるで他人の記憶を掘り起こすかのように彼は目を閉じて思案し、再び目を開けて呼び出した。

――ミシェル・ジェラン。

さらに検索は続いてゆく。さまざまな名前が現れては消えてゆく。

「どなたをお望みですか？」

若い麻酔医はしびれを切らして再びいった。

「ええ、これで終わりです……。彼を――この彼の顔を見たいのです……」

「なるほど、顔ね」

若い麻酔医はホロモニタに自分のＩＤを送り、主室の扉を開けた。冷気が漂ってくる。安置室そのものは広大な床面積を占めているが、調査や対面のためのスペースはごくコンパクトなものだ。ＡＥが申請した遺体は円滑に搬送され、ふたりの前に迫《せ》り上がってくる。遺体はごく薄い保護スキンによって全身が覆《おお》われているため直接触れることはできないが、それでも霜が降りたその肌は、死んだ直後のようにほのかな赤みさえ湛《たた》えており、スキンの上から手を当てれば生きていたときのような弾力さえ感じられるはずだ。遺族が訪れる場合に配慮して、遺体には手術衣のようなごく質素な胴衣が着せられてあった。

彼は遺体の前に跪《ひざまず》いた。――じっと遺体の顔を見つめていた。若い麻酔医は空中に映し出されるカルテを盗み見た。遺体の名はヒデオ・エンドウ――かつて人工知能に小説を書かせるという酔狂な研究で名を馳《は》せ、後に人工実存の理論をつくり上げた人物だったと知って少しばかり驚き、思わずその顔を覗《のぞ》き込んだ。わずかに微笑《ほほえ》んでいるが、少し角度を変えると積年の復讐《ふくしゅう》を成し遂げた嘲《あざけ》りの笑みのようにも思える――彼が見たかったというのはこの表情のことなのだろうか？

彼は遺体の顔をそっと両手で包んだ。――少しばかりなら触れてもよいが、度を過ぎるようなら忠告しなければならない――そう思ったとき彼は遺体に顔を埋めていった。

「戻ってきたよ」

「それ以上は……」

声を発しかけたそのとき、一瞬、室内の照明が消えた。

すぐに電気系統は回復し、次々と天井の照明が戻ってくる――空冷のファンの音が蘇《よみがえ》り、そのうなりが高まってくる。はっとして、若き麻酔医は顔を上げ、周囲を見回した。――この小さな部屋を超えて、病院全体が揺れたような気がしたのだ。いや、この世界のすべてが、一瞬、大きな音楽を奏《かな》でたような気がしたのだ。

若い麻酔医は、照明の回復が、まるで朝の到来のように感じられた。思わず瞬《まばた》きをする。――岩間から流れ込むせせらぎの音や、小川が岩にぶつかり清新な飛沫《しぶき》を立てる音さえ聞こえるようだ。

錯覚に違いない。しかしふと天井を仰ぐと、その光は瞳《ひとみ》のなかで一瞬、まるで暗い穴から出た直後に広がる空の星のように、美しいものに見えたのだった。

若い麻酔医はふたりに目を向け、そして息を呑《の》んだ。なぜだかわからないが、先ほどまでと遺体の雰囲気が違うように思えたのだ。ふしぎなことに、あの嘲るような口角の歪《ゆが》みはどの角度から見ても消え失せ、ただ穏やかな微笑みに変わっていた。

人工実存体はかすかに身を震わせ、遺体を抱き、そして不意に電源を落として動かなくなった。

その直前、彼は最後にそっといった。

「――きみは長い、長い物語を、書き切ったんだ」

あとがきにかえて

本書はいずれも異なる媒体に発表した、小松左京さんへのオマージュ作品をまとめたものである。

日本ＳＦ作家クラブの第一六代会長職を打診されて就任した私は、二〇一一年夏から翌年にかけて、三〇社近くの出版社やイベント企業をほぼ単独で回り、「いっしょに日本ＳＦ作家クラブ五〇周年記念事業をやりませんか」と持ちかけていた。『パラサイト・イヴ』でデビューして以来、作家生活は二〇年近くになる。その間にできたコネをすべて五〇周年事業に使うつもりだった。

中間小説誌には往年のようなＳＦ特集を。科学館や文学館ではＳＦ展を。テレビやプラネタリウム番組でクラブ員原作の物語を。全国チェーンの書店で巡回ＳＦフェアを――。訪問先でのクラブの認知度はどこも同じだ。日本ＳＦ作家クラブなどという団体は知らない。でも有名作家が入っているのだから信頼できるのだろう。それよりも、と彼らはいった。私たちがいま切実にほしいのは未来だ。いま未来を本当に想像し、創《つく》れるのはＳＦしかない。そういうＳＦを書いてほしい。

二〇一一年三月一一日の東日本大震災の不安がまだ首都圏に残り、出版人が次に何をすべきか迷い悩んでいる時期だった。仙台に住んでいた私は、そこに直接の被災地と首都圏の想いの違いを強く感じながらも、たくさんのボランティアに支えられた自分たちが、逆にいまできることは彼らの期待に応《こた》えることだと思った。本書収録作の「Wonderful World」は前述のような編集者の要請を受けて書いた小説のひとつである。

小松左京さんは震災後の七月二六日に亡くなった。その死が一般に発表されたのは二日後の二八日である。私はその日、ノンフィクション作家の最相葉月さんと有楽町のよみうりホールで公開対談をおこなっており、その終盤には小松左京さんと震災の話にも触れていた。対談終了後、ある出版社との打ち合わせを終え、仙台へ戻ろうと駅に着いたとき、最相さんから小松さんが亡くなったというメールを受け取った。顔を上げると駅の電光掲示板にもそのニュースが大きく映し出されていた。

その前日、私は日本SF作家クラブ第一五代会長の新井素子さんや、第一九代事務局長の井上雅彦さん、またその時期の事務局メンバーらとともに、クラブ運営の引き継ぎ事項について打ち合わせをしていた。その後、皆でアイリッシュパブに行って飲んだ。私が会長職を務める間にクラブの五〇周年がやってくるという話になり、どのようなことをしたいか、私はひとりずつその場にいるクラブメンバーに尋ねていった。日本SF作家クラブは一九六三年三月八日に、小松左京さんを含む一一名の作家・評論家・翻訳家・編集者らによって結成されたのである。その場の誰もが五〇周年に向けて大きな夢を語り、話は大いに盛り上がって、私は感動し、必ず小松左京さんたちが起《た》ち上げたこの日本SF作家クラブの五〇周年記念プロジェクトを成功させようと心に誓ったのだった。

諸事情により、私は二〇一三年三月に日本SF作家クラブの会長職を任期半ばで辞任し、同時にクラブを退会した。その詳細についてはここでは触れない。その前後の時期にこつこつと書いたのが本書の最後に収録した「ミシェル」である。

本来ならばここで小松左京さんに対する私の思いを語り、本書収録作の内容と小松作品との関係性について述べる必要があるのだが（そうしなければどこまでが小松左京さんのアイデアで、どこからが瀬名自身の創作なのかわからないだろう）、うまく言葉にできない。そこで小松左京さんが亡くなる直前に書いたエッセイを再録して、あとがきに代えたいと思う。このエッセイは「小松左京マガジン」の第42号に掲載された。その42号の発行日は二〇一一年七月二八日と奥付に記されているが、実際は二五日に購読者のもとへ発送された。小松さんはこの号の見本をご覧になった後、二六日に亡くなられた。

本書が小松左京さんの目指した『宇宙喜劇』――コメディ・コスミーク――の補完書のひとつとなることを願う。

二〇一三年一二月　瀬名秀明

誰《た》がために鐘は鳴るや

昨日、また再び『小松左京の大震災'95』を開いたとき、不意に「あの日から七十五日」という冒頭の見出しが目に飛び込んできて胸が詰まった。この三ヵ月のことが蘇《よみがえ》ってきた。三月十一日の地震を、私は仙台市の自宅マンションで体験した。ラジオの情報から沿岸部が津波に呑《の》まれたことをおぼろげに知りながら、しかし内陸の住宅地に暮らす人々は、ライフラインが復旧するまでの数日間、静かな時間を生きたように思う。仙台市内の多くの人が地震当夜の星の美しさを語る。私はあのころ近隣の人たちと配給の水を分け合い、黙々と事務所を片づけながら、窓明かりを頼りに本を読んだ。その中の一冊が『小松左京の大震災'95』だった。

小松さんは阪神淡路大震災を箕面《みのお》で体験し、その七十五日後から毎日新聞に連載を開始する。人の噂《うわさ》も七十五日という、しかしいまこそ震災の「全貌」をとらえる作業に取りかかるべきときだ、という初回の決意を、東日本大震災直後の私は読み飛ばしていた。しかしその部分が今度はまっすぐ心に飛び込んできたのだ。この本は今後も読み返すことになるだろう、とそのとき直感した。社会も人も刻々と変わる。私もこれから刻々と変わるのだろう。だが折々でこの本を読み返したとき、一年かけて連載した小松さんの文章を物差しのようにあてがうことで、きっと自分を見つめ直すことができるだろう。

小松さんはこの連載のために、入手可能な一次資料を掻《か》き集め、専門家に話を聞きに行く。そうしたすべての情報に身をさらし、阪神淡路大震災の「全貌」を描き出そうとする。同時に後世のための「総合的な記録」づくりを熱心に説く。実際、そうして集められ、描かれた事実は、今回の東日本大震災の経緯と重なり合う。

ライフラインの復旧が電気、水道、ガスの順であったのは今回も同じであるし、神戸新聞が震災当日の夕刊を何とか発行するさまは、やはり一日も欠かさず発行し続けた地元・河北新報の姿勢と重なる。テレビの地震情報が当初は東京中心のもので地元はもどかしい思いを爆発させたことや、ラジオは役割をあえて絞り、被災地のためだけに役立つ情報を流し続けたこと、ミニFM局がさらにコアな情報で小回りの利いた活躍を見せたこと。どれも私が仙台に暮らして身近に見てきた経緯だ。小松さんは「パソコンネットワーク」などによる高密度な情報システム存在下での阪神淡路大震災であったと書くが、それさえ今日のＴｗｉｔｔｅｒ文化に置き換えることができる。むろん津波や原発の被害など大きく状況の異なる面もあるが、いま仮に東日本大震災について総合的な連載をものにしようとしたとき、おそらくその作家は『小松左京の大震災'95』とほぼ同様の構成を採るだろう。

そして彼はおそらく小松さんと同様に、膨大《ぼうだい》な一次資料と格闘し、震災から半年後、心身のバランスを崩《くず》しかけることだろう。

文明批評や風刺はSFの重要な側面であると昔から考えられているが、小松さんの書くものはそうしたパースペクティヴに必ず「思いやり」の心が含まれているのが特徴だ。人類や宇宙を思いやる気持ち、成長した人間が持つそうした能動的な情動がきちんと表現されているのが小松作品なのだと思う。「科学者にとって、いちばん大切なことは何かな？」という問いに対し、田所《たどころ》博士が言下に「カンです」と答える『日本沈没』のシーンは有名だが、その少し前に彼が大熱弁をふるう場面があり、そこに小松さんの思いやりの心がよく表れている。日本など、わしはどうでもいいんだ。わしには地球がある。わしの心は、この地球を抱いているんだよ……。母国とそこに暮らす人々を愛しながら、なお地球に感情移入し、地球を思いやるその姿勢には、たんに物事を相対化し文明を批評するだけではない、作家・小松左京の大人の思いが込められている。こうした発達した情動は少年期にはうまく理解できないものだ。しかし現実の震災と間近に接し、その時間を生きたとき、小松さんが一貫して描き続けて来た靭《つよ》い思いやりの心が胸に染み入ってくる。そして第一部から三十三年後に刊行された『日本沈没 第二部』は、そうした日本人の思いやりの心が、たとえ土地を失ったとしても次世代に受け継がれ、地球の未来を変えてゆく物語であった。

「こころ」はだれにも見えないけれど
「こころづかい」は見える
「思い」は見えないけれど
「思いやり」はだれにでも見える

東日本大震災発生以降、公益社団法人ACジャパンがこの言葉を放送するたびに、私は小松さんのことを思い出していた。

私たちはいま復興の途上にある。テレビもラジオも表面上はおおむね震災前のプログラム編成に戻り、人々の日常会話からも震災のことはあまり聞かれなくなった。しかし確かに震災の痕《あと》は市街に刻まれており、ふと顔を上げればビル壁の亀裂や青いビニールシートが目に入る。ラジオでもふつうの番組の合間に震災情報は発せられ、救援活動に取り組む人たちの胸中が語られる。学者たちからも多くの中間報告が公表されるようになった。

小松さんはそうした刻々と変化する世界の中で『大震災'95』を書き続けたのだ。連載二回目の入稿直前には地下鉄サリン事件が勃発《ぼっぱつ》する。春には大阪知事選に巻き込まれる。十二月には高速増殖炉「もんじゅ」の事故も起こる。それでもなお小松さんは阪神淡路大震災のことを書き続けるのだ。人々の関心はどんどん移り変わってゆく。それでもなお「この私たちの体験を風化させないために」(この本の副題である)書くのである。東日本大震災を体験した私たちにも必ず到来する未来だ。それを小松さんは十六年前に背負って書く。しばらく休養して体調が恢復《かいふく》したら、震災の資料を再びまとめ、よりインパクトのあるメッセージをくみ出す仕事に取りかかりたい——そう心情を吐露《とろ》して小松さんは『大震災'95』の筆をおき、それはいまだに果たされてはいない。その後小松さんは親しい作家を招いて『SFへの遺言』を語り下ろした。取りまとめ役の森下一仁さんが鋭い見解を示している。戦争体験世代は人が死ぬ場面を書くときにもひとりひとりの視点になり、痛みを感じながら殺しているだろう。いまの世代はそうした痛みを感じることができずにいる。そうした苛立《いらだ》ちがあって小松さんは「遺言」を語りたくなったのではないか。

他者への想像力。思いやりの心。それら人間の情感の能力は、一方で物語を楽しむ力を私たちに与えてくれた。

これから私たちは小松さんが阪神淡路大震災後に生きた一年間を生きることになる。ホメロスのようなSF物語がなぜ世界で生まれ楽しまれて残ってきたのか、その方法論までつかむような枠組みに次世代の人たちで取り組んでほしい——それが小松さんの「遺言」であった。戦争と震災とSFは私たちの思いやりの心という靭《つよ》い力によって結びつく。刻々と移りゆくこの復興の国を、思いやりの心を育《はぐく》んだ私たちは、小松さんの言葉を抱いて生きてゆく。

『小松左京の大震災'95』は、後に『大震災'95』として河出文庫より復刊された。

初出

「新生」
『月刊アレ！』（電子書籍）二〇一一年一〇月号

「Wonderful World」
『小説現代』二〇一二年九月号

「ミシェル」
大森望責任編集
『書き下ろし日本ＳＦコレクション　ＮＯＶＡ10』
（河出文庫、二〇一三年七月）

「ミシェル」において以下の小松左京作品を参照し、本文中に引用いたしました（表記を変更した部分があります）。
『虚無回廊』全三冊、ハルキ文庫
『果しなき流れの果に』ハルキ文庫
「ゴルディアスの結び目」『ゴルディアスの結び目』ハルキ文庫所収
「会合」『小松左京全集完全版』第一六巻、城西国際大学出版会所収
ジョン・ダン「瞑想録第一七」は『大震災'95』河出文庫収載の大久保康雄訳による

また全編にわたり以下の書籍を参照し、ダンテ作品の一部を取り入れました。
ダンテ『神曲』全三冊（地獄篇・煉獄篇・天国篇）平川祐弘訳、河出文庫
ダンテ『新生』平川祐弘訳、河出書房新社
平川祐弘『ダンテ『神曲』講義』河出書房新社

本書の出版にあたっては、小松左京氏の著作権継承者様ならびに小松左京事務所の乙部順子様より、温かなご支援をいただきました。心から感謝いたします。ありがとうございました。

（瀬名秀明）

瀬名秀明（せな・ひであき）
一九六八年、静岡県生まれ。東北大学大学院薬学研究科博士課程修了。薬学博士。九五年、『パラサイト・イヴ』で第二回日本ホラー小説大賞を受賞し、デビュー。九八年、『BRAIN VALLEY』（以上、新潮文庫）で第一九回日本SF大賞を受賞。SF、ホラー、ミステリなど幅広いジャンルの作品を発表する一方で、科学書、文芸評論等にも精力的に取り組む。著書に『小説版ドラえもん のび太と鉄人兵団』（藤子・F・不二雄原作、小学館）、『希望』（ハヤカワ文庫JA）、『大空のドロテ』（双葉社）、『月と太陽』（講談社）、『科学の栞 世界とつながる本棚』（朝日新書）他。

NOVA《ノヴァ》コレクション
新《しん》生《せい》

二〇一四年二月一八日初版印刷
二〇一四年二月二八日初版発行

著者　瀬《せ》名《な》秀《ひで》明《あき》
発行者　小野寺優
発行所　株式会社河出書房新社
〒一五一-〇〇五一　東京都渋谷区千駄ヶ谷二-三二-二
電話　〇三-三四〇四-一二〇一（営業）
〇三-三四〇四-八六一一（編集）
http://www.kawade.co.jp/

組版　株式会社キャップス
印刷　株式会社亨有堂印刷所
製本　大口製本印刷株式会社

Printed in Japan　ISBN 978-4-309-62225-5

“新星”の輝きを放つ、
想像力の小説叢書

NOVA COLLECTION

クリュセの魚｜東浩紀

少女は孤独に未来を夢見た——亡国の民・日本人の末裔のふたりは出会い、人類第二の故郷・火星の運命が変わる。壮大な物語世界が立ち上がる、渾身の恋愛小説。三島由紀夫賞受賞第一作。

ISBN 978-4-309-62221-7

星を創る者たち｜谷甲州

事故はつねに起こる。最悪の危機を回避するのは、彼ら宇宙を拓く現場の者たち——待望の宇宙土木SFシリーズ、驚愕の書き下ろし最終エピソードを加え、二十五年の時を経てついに完成。

ISBN 978-4-309-62222-4

社員たち｜北野勇作

会社が地中に沈んだ？　怪獣クゲラの誕生？　妻が卵になった？　低所得者用未来改造プログラム？　戦時下なのか不景気か、今日も社員は明日のために出社する。超日常の愛しい奇想短編集。

ISBN 978-4-309-62223-1

アンドロギュヌスの皮膚｜図子慧

大水害で東京東部が水没して十年。殺し屋の三井は「ゴースト」から指示を受け、行方不明になった陽性患者の「回収」に乗り出す。背後には巨大病院の過去が蠢く……待望の書き下ろし長編。

ISBN 978-4-309-62224-8